赠 言

Peace is my dream. I want a promise from you that you will push ahead with the cause!

我的梦想是"和平"——peace。请你承诺你会将现在的事业一直坚持下去!

——Richard Maeglin

I love China, and I hope to see a growing number of people contribute to the mutual-understanding between China and America.

中国是我喜欢的国家,希望越来越多的人成为中美之间互相了解的桥梁。

—— Tony Joseph

I see everyone in this world as my neighbor. I look forward to a world where peace prevails, kids enjoy pleasure and good education, deeper communication and understanding thrive among nations, and everyone is treated equally.

这个世界上的每一个人都是我的邻居,我期望世界和平,孩子们快乐,接受好的教育,希望不同的国家之间有更多的交流和了解。希望我们对待所有的人没有分别心。

—— Dwayne Hopkin

赠 言

Peace is my dream. I want a promise from you that you will push ahead with the cause!

我的梦想是"和平"——peace。请你承诺你会将现在的事业一直坚持下去!

——Richard Maeglin

I love China, and I hope to see a growing number of people contribute to the mutual-understanding between China and America.

中国是我喜欢的国家。希望越来越多的人成为中美之间互相了解的桥梁。

——Tony Joseph

I see everyone in this world as my neighbor. I look forward to a world where peace prevails, kids enjoy pleasure and good education, deeper communication and understanding thrive among nations, and everyone is treated equally.

这个世界上的每一个人都是我的邻居。我期望世界和平,孩子们快乐,接受好的教育,希望不同的国家之间有更多的交流和了解。希望我们对待所有的人没有分别心。

——Dwayne Hopkin

Hold住

中国女孩183天美国行

A Chinese Girl's
183-Day US Journey

张悦宁 著

Helen Zhang

·深圳·

图书在版编目（CIP）数据

Hold住：中国女孩183天美国行 / 张悦宁著. -- 深圳：海天出版社，2020.7
ISBN 978-7-5507-2826-4

Ⅰ. ①H… Ⅱ. ①张… Ⅲ. ①纪实文学－中国－当代 Ⅳ. ①I25

中国版本图书馆CIP数据核字（2020）第007817号

Hold住：中国女孩183天美国行
HOLD ZHU: ZHONGGUO NVHAI 183 TIAN MEIGUO XING

出 品 人	聂雄前
责任编辑	卞　青
责任技编	陈洁霞
封面设计	刘志凯
装帧设计	斯迈德设计 0755-83144228

出版发行	海天出版社
地　　址	深圳市彩田南路海天大厦（518033）
网　　址	www.htph.com.cn
订购电话	0755-83460239（邮购、团购）
排版制作	深圳市斯迈德设计企划有限公司（0755-83144228）
印　　刷	深圳市天鸿印刷有限公司
开　　本	787mm×1092mm　1/16
印　　张	18.75
字　　数	258千
版　　次	2020年7月第1版
印　　次	2020年7月第1次
定　　价	48.00元

海天版图书版权所有，侵权必究。
海天版图书凡有印装质量问题，请随时向承印厂调换。

悦宁

Helen

收到您诚挚的邀请

Thank you for your sincere invitation

和完全的信任

And your trust in me

这份无价的友谊　人人喜爱

Such a priceless friendship is deeply valued by all

给的行动

The initiative of "Give"

是我们　简单的生活方式

Denotes the simple lifestyle we have been pursuing

如同孩子般的　无虑天真

A life defined by the child-like innocence

感谢　正和善的肯定

Let us be grateful to justice and goodness, an inexhaustible source of our courage and inspiration

思想粒子的空间　唯愿者

Where there is a will, there is space for thoughts to grow

Preface

Helen Zhang is a positive force for the world. In her book, *A Chinese Girl's 183-Day US Journey*, she passionately and definitively shares her inspiring personal journey of self-exploration and enlightenment to find the meaning of life. From her unique vantage point of a child of northern China who has journeyed to Shanghai and over 30 countries globally, she brings her energy, optimism and grace to the United States. Her story is full of ups and downs and self-reflection. As one reads the book it is difficult to imagine if her thinking and interactions can be the true words and experiences of such a young human that was brought forward from such an unexpected place. But it is true!

I had the opportunity to first meet Helen in May 2018 at a celebration of Sino-US relations in Des Moines, IA. During that event, where I served as the MC and was focused on my work at hand, I had limited interactions with Helen. However, I did quickly see her persistence, passion and determination on full display as she told her story and goal to better understand the world.

A few weeks after our initial meeting in Des Moines, Helen arrived at my hometown of Muscatine, IA for a couple days of field research and interviews for the final touches to her book. It was upon this visit that I witnessed first-hand what a special person she is. I, and I believe most readers of her book, now are so excited to see what she does in the future. The sky is the limit!

I believe what sets Helen apart is her ability to connect with people at a very deep and personal level from the oldest to the youngest, the richest to the poorest, the most open minded and worldly to the most closed minded and parochial and everything in between. This special gift, combined with a selfless and non-material demeanor is what resonates in real life as it does in this book.

Helen's appreciation for the simple things in life and her steadiness amazed me from the earliest moments. Traveling by car from O'hare airport in Chicago for three hours to Muscatine, she shared her vision for her life and work. Her grace and humbleness were on full display as it was too late to get a proper meal at a restaurant and we had to settle for fried potatoes and coffee for a meal after her long day of travel. She demonstrated her deep understanding of US and Chinese culture as we spoke, the subtle differences but also the shared values. This understanding will be critical to the future and I was so relieved and excited to see a member of the younger generation that was capable and diligent. There is an older generation of good people that have helped the US and China work together and understand each other but as they age we need young people like Helen to carry this legacy forward. She is able and willing without a doubt.

The two interactions I observed that left the deepest impression on her visit was her interview with Mr. Richard "Dick" Maeglin and her visit to a local elementary school.

The interview with Mr. Maeglin occurred on her first night in Muscatine. She was weary from the long travel but insisted to dive right into interviews. The setting of the interview was special because it was at the house where President Xi stayed in 1985 when he was a young municipal leader visiting the USA to study agriculture. The home is now a museum called the Sino-

US Friendship House. Mr. Maeglin now well into his 80s was one of the "old friends" that helped host Xi back in 1985. He went on to be a very successful businessman and community leader. I could tell that his expectations for the interview with Helen were low as the interview was arranged on short notice and there wasn't a lot of background on Helen except she was working on a book about US-China. And also Mr. Maeglin had done a number of interview reflecting upon Xi's visit and Sino-US relations. But as Helen started talking and explaining her journey and vision for the world I could see Mr. Maeglin's eyes start light up and then slowly start to tear up. Helen could see this too and allowed Mr. Maeglin some time to collect his thoughts. He explained how happy he was that a young person would be brave enough to go on this life changing journey. He was so proud that the goals of the journey were not self-serving but rather to learn and understand and spread peace and joy. It turns out that Mr. Maeglin's main task at this stage in his life was to spread peace and understanding. It was awesome to see him and Helen connect on this common human theme. Two humans from different cultures and vastly different ages truly connected that evening.

Two days later, I had the opportunity to take Helen to Grant Elementary School to speak to a class of second graders (7 and 8 year old students). I was late to pick her up and so needed to drive fast to reach the school in time. Unfortunately, a police officer noticed my speed and decided to pull us over. He came to the driver's side window and asked, what was the hurry all about? I explained that Helen was to meet with the students at 9am and we didn't want to be late. Because there are not many Chinese people in Muscatine, the police officer was impressed that she was in our small town to speak with our local students and he appreciated the beautiful Chinese dress that she wore. And of course her smile didn't hurt either. I was lucky that he decided to just give us a warning instead of a formal ticket.

So we hurried along to the elementary school arriving just after 9am. We hurried into the classroom where a single teacher and 25 energized kids awaited her arrival. It was an amazing experience to see the excitement in the children's eyes and also in Helen's eyes. Her passion for kids was physically evident as she began to speak to the children and as she moved about the room with great energy. She asked them what they know about China and who has visited China before. The kids were extremely eager to raise their hands and talk with Helen. Helen showed the students the world map and where China was. She left a deep impression as she awarded small stuffed animal gifts to the kids who answered questions correctly and participated. She then explained her passion for the word "give" and selected a student to write the word on the chalkboard. The student beamed with joy as she correctly spelled the word for her classmates and the distinguished guest from China. It was a quick whirlwind visit that morning but the energy was so intense and a deep impression was left upon the students. Days after she left town, the children were still talking about her and hopeful she would return.

These are just some small examples of her impact on humans of all kinds and the inspiration she provided to a small town in the Midwest in just a matter of days. Everybody that she interviewed from the Mayor to the common person on the street was lifted up by her story and her dedication to her cause.

It's my belief that there are so many valuable lessons in these pages that follow. One can simply read that book and enjoy the experiences and interesting stories of Helen's travels. But I encourage people to think about the deeper lessons that come out of the stories and how they connect to their own lives and destiny. Lessons that let her be successful in her journey –

confidence, self-determination, perseverance, humor, kindness, compassion, understanding and peace. These are personal virtues that will serve any human well in their life journey. If more people read this book and heed these lessons then we will have very good world moving forward. I hope you learn and enjoy it as much as I did.

Dan Stein, August 2018

Chairman of the Muscatine China Initiative Committee

序言（译）：

　　Helen Zhang，张悦宁是当今世界上的一股积极力量。在她的新作《Hold住，中国女孩183天美国行》一书中，她满怀热情，以细腻的笔触描述了自我探索和体悟真理之旅，分享她所寻得的生命真谛。她出生于中国北方的一个城市，在上海学习工作过，游历的足迹遍及全球30多个国家和地区，由此形成了独具优势的人生观，并把自己的活力、乐观和优雅也带到了美国。在本书中，作者讲述了自己精彩的人生故事和所思所想。当读者阅读这本书的时候，或许会感到讶异：这样一位年轻的女性，她所讲述的真的都确有其事而非虚构吗？答案是：确实如此！

　　2018年5月，在美国艾奥瓦州首府得梅因举行的中美关系庆典上，我有幸第一次见到悦宁。我在庆典中担任主持人，因为忙于主持，和悦宁没有太多交流。不过，当她讲述自己的人生经历并表露出要更好地了解这个世界的决心时，不难看出她是一个有决心、为人坚韧并且充满激情的女性。

　　在得梅因初次见面的几周后，悦宁来到我的家乡艾奥瓦州马斯卡廷。她此行是为了对作品做最后的修改，因此准备花几天时间做实地调查和采访。通过这次接触，我更加清楚地看到，她是一个多么特别的人。我相信，她的大多数读者现在都迫切地想知道，他们心目中的这位作家将来会如何。我想说的是：她的未来就像天空一样广阔！

　　在我看来，悦宁最与众不同的地方在于她具有一种能够与所有人打成一片的超能力：不论是年长者还是小孩子；不论是富豪还是穷人，不论是思想开明之士还是思想狭隘之人，不论是虔诚的宗教信徒还是普通的芸芸众生，她都能与他们融洽交往。这种特殊的天赋，加上她经时济世的公心和优雅的气质，让她在与人相处时随处都能引起共鸣——就像这本书中所描述的那样。

悦宁心境恬淡，善于从简单的事物中发现美，从最初相识之时她就给我这一深刻的印象。她从芝加哥的奥黑尔机场乘车三小时来到马斯卡廷，与我分享她对生活和工作的看法。因为到餐馆吃一顿像样的饭已经太晚，因此，在她一天的旅途劳顿之后，我们只好吃炸薯条和咖啡作为晚餐，她对此欣然接受，尽显优雅和谦逊。在我们交谈的过程中，她展现出自己对中美文化的深刻理解，其中包括中美文化之间微妙的差异以及共同的价值观。这种对文化的理解对中美两国的未来发展而言至关重要。看到年轻人如此勤奋、能干，我倍感欣慰和振奋。中美两国致力于促进两国相互合作、相互理解的老一辈们年事渐高，因此，我们需要像悦宁这样的年轻人来继承这一事业。毫无疑问，她有这个志向，也有这个能力。

悦宁在美国的两次采访都给我留下了深刻的印象：一次是她采访理查德"迪克"马格林先生，另一次是她采访当地一所小学。

她到达马斯卡廷的当晚，就采访了马格林先生。她不顾长途旅行的劳累，坚持当晚就采访。那次采访的地点比较特别，因为那是1985年习近平主席出访美国学习农业时的处所。现在它已成了"中美友谊之家"博物馆。马格林先生现已80高龄，他是1985年招待习近平的"老朋友"之一。1985年以来，他的事业不断发展，并成了社区的领袖。

我看得出来，他对悦宁的采访热情并不高。因为采访安排得比较仓促；另外，除了她在写一本关于美国和中国的书以外，悦宁只是个名不见经传的年轻人。而且，就习近平的那次访问和针对中美关系的问题，马格林已经接受了多次采访。

但是，当悦宁谈起她的旅程以及她对世界所持有的理想时，我看到马格林先生的目光亮了起来，然后眼中有了泪光。海伦也看到了，她让马格林慢慢整理思路。他说看到一个年轻人有这样的勇气去改变人生之旅，他非常高兴。

而且，此次她的美国之旅并非出于私心，而是为了学习、理解和传播和平与快乐，这尤其让他欣慰。原来，马格林现阶段的主要工作正是传播和平与理解。

看到马格林和悦宁在这个人类共同的主题上颇有默契，那种感觉真是太棒了。两个来自不同文化和不同年龄的人在那天晚上真正地发生了心灵的碰撞。

两天后，我带悦宁去格兰特小学，和一群二年级学生（七八岁的学生）交谈。我去接她时有点迟了，因此得加快速度以便及时赶到学校。不幸的是，一名警官发现我超速了，让我停车。他走到车窗问："为什么开这么快"。我告诉他，因为悦宁必须在上午9点钟赶到学校。因为在马斯卡廷没有多少中国人，那名警察得知她是要到我们的小镇和我们当地的学生交谈时，感到颇为惊异。另外，他也很欣赏她穿的那件漂亮的中国服装。当然，她的微笑始终挂在脸上。结果，我很幸运，那名警察决定只是给我们一个警告而不是一张正式的罚单。

我们在上午9点刚过时匆匆赶到小学。走进教室，一名老师和25名充满活力的孩子们正等着悦宁的到来。孩子们眼中闪着激动和兴奋，悦宁也是兴奋不已，这真是一种奇妙的体验。然后她开始讲演，边说边在教室里走着，身上散发着激情与活力。她问孩子们对中国有哪些了解，问他们之间是否有人去过中国。孩子们争先恐后地举手回答悦宁的问题。悦宁给孩子们看世界地图，并指出中国的位置。她给那些回答正确并参与活动的孩子们奖励了小毛绒玩具。她的这一举动真是让人印象深刻。然后她讲解了她对"Give"所抱的热情，并要求一名学生在黑板上写下这个词。当着全班同学和这位来自中国的贵宾的面，这名同学正确写出这一个词，然后高兴地笑了。那天早上的访问可谓来去匆匆，然而它所给予的能量是如此强烈，给学生们留下了深刻的印象。在她离开小镇几天后，孩子们仍然在谈论这位中国客人，希望她能再次回到他们身边。

这些生动的例子好像浪花，折射出悦宁与各种人群的深入互动，以及她在短短几天内给美国中西部一个小镇所注入的活力。她所采访的每一个人，上至市长下至普通民众，无不被她的故事和她对事业的奉献精神所打动。

　　我深信，本书记载的都是作者宝贵的经历。只要打开书本，读者朋友便能走进悦宁的心路之旅，聆听她动人有趣的故事。不过，我希望读者更进一步思考这些故事中所蕴含的深刻哲理，思考如何运用这些哲思之光照亮自己的人生、改变自己的命运。作者从她的心路之旅中提炼出的精神财富包括自信、决心、毅力、幽默、善良、同情、理解与和平。这些美德能够让我们每个人受益终身。如果有更多的人读了这本书并汲取这些精神财富，那么我们的世界就会变得更加美好。我衷心希望每一位读者朋友都像我一样：悉心品味作者的文字，让自己的身心得到洗礼。

丹·斯坦，2018 年 8 月
马斯卡廷中国倡议委员会主席

自序：

一步之遥到底有多远

历史的指针已轻轻转到 2019 年，而刚刚逝去的一切却仍然历历在目，震撼我的内心，这些记忆将在我的血液里一点点蔓延，影响着我的一生。

2016 年，生命之船驶往美利坚，在时光的大海中"五月花号"升起白色的风帆……从太平洋彼岸梦一般地飞抵地球的另一端，我发现和认识了生命中爱与文明的新大陆。美国人民的爱与智慧让我深深感恩，玄奘终其一生为东方沃土和生灵传播佛经和智慧，而我的求索之路才刚刚启程……

美利坚是目前世界上最发达的超级强国之一，吸引着来自世界各地的人们。有人说我的 2016 美国之行是一次千里走单骑的艰险旅程，有人说我在探求一步之遥到底可以走多远的答案，我只知道自己带着一颗对生命热爱的初心，带着小时候在冰天雪地里发现那朵柔软的冰凌花儿的好奇和感动，带着对人类文明的渴望，来到这片孕育奇迹的土地。

通过一本书无法了解美国，在我看来至少有两个原因：第一，美国实在太大了，美国是由来自世界各地的人们会聚而成的移民国家，无论地理、历史、政治、人文都永远写不完也道不尽；另一个原因，每一本书只是作者自己的主观感受和看法，所见所闻也因人而异，我只能说我感受的是我所经历的美国，并且仅仅是某一个短暂的阶段。但写这本书的时候，我仍然兴致勃勃，如同受孕了一般的欣喜和执着，一心一意想要写。因为值得，美国很值得写出来与更多的朋友分享！2016 年到

2019年的美国尤其值得与世界分享。而在美国期间的经历也给了我巨大的启发和鼓舞，在美国之行中我做了许多之前没有想到或者之前一直想做却没能实现的事情，这让我获得了巨大的信心和勇气，这段经历也让我领悟到生命的意义就在于体验和经历的过程。

在美国这一程我的生活目标和重点可不是旅行，当然这本身就已经是一次终生难忘的旅程了，而我对美国生活的规划在去之前就已经想好，就是以一颗赤裸的心去体验和感受，为什么这个国家能够成为当今世界上最强大的国家之一，为什么美国人被公认为热爱自由和创新，为什么这个国家让许多人向往并想要了解，在美国生活一段时间后我自己究竟会发生怎样的变化，我的内心很期待……上一次去美国游学考察的经历直到今天还记忆犹新，每次想起内心总会升起一种清新的快活，身体的血管里凝聚起一股敢闯敢干的勇气。

我总是觉得在纽约的空气中含有某种让人兴奋和快乐的因子，当清晨的阳光照进房里，你就会想要冲出去和这个城市亲吻、拥抱！

在这样一次异国他乡的生活阅历中，也让我对生命中的许多情愫有了新的理解和领悟，当时空拉开了距离，有些情感反而更亲切更坚实了，有些记忆瞬间更加清晰了。最初的感触便是对我的父亲母亲，我从来没有像这样深深地感恩他们、想念他们，每当我看到、感受到生命中的惊喜和美好，或者是经受历练的时候，我都更加明白，如果没有父亲母亲，没有他们给予我生命，没有父亲母亲把我养育长大，我就不会有现在这些机会。当心门逐渐打开，世界变得越发开阔，我的内心世界也越发喜悦和安宁。

这是一本书！但也不仅仅是一本书。这更是一次感恩的历程，每一个字符都在感恩，每一句话音落下我的心里都会升起感恩之情。感恩从儿时起就在阅读和写作上对我加以鼓励和启蒙，一生都以真诚和积极的态度生活的父母；感恩成长的道路上游历的那些国家和城市；感恩这些不同地域的风貌情怀让我越发地对世界充满了好奇和热爱；感恩万物，一草一木、一缕阳光、一丝清风、每一个生命,有这些才让我和万千生命一起存在于一个如此神奇有趣的世界上;感恩我的故乡……那一片质朴的土地,那把我养大的父老乡亲,让我时刻不忘初心;感恩在异国他乡带给我感动和动力的朋友们,让我明白生命可以如此简单又充满能量;感恩在我成长道路上遇到的每一位良师益友,也感恩生命里曾经的羁绊和困难让我变得更加坚定和勇敢。

回忆起在美国的生活,我总觉得自己是一个十分幸运的人。美国总统大选相隔四年举行一次,2016年我正巧给赶上了,亲身经历了一次总统大选中的美国是个啥样儿。从大学时代"触电"开始,成为一名电视节目主持人也一直是我坚持和追求的梦想,在美国参与了总统大选的新闻播报工作,这一段经历让我受益匪浅。在纽约我珍惜一切时间和机会拜访和考察美国的企业,尤其是房地产和金融行业的知名企业,感受美国的企业文化,与美国的同行朋友们沟通、学习和探讨,这些经历帮助我打开了国际化的视野,建立了更广阔的世界观。虽然偶有水土不服,也曾发生不少囧事,遭遇了不少挫折和打击,内心也有过孤单无助,有过委屈和无奈,但总的来说在美国的生活是十分积极和愉快的,是有巨大收获的,在这段时间遇到的不同国度的人们让我明白,人与人之间的沟通除了语言,更重要的是发自内心的真诚和敢于付出的勇气,在这样的真诚和勇气之下,我闯入了一个崭新的世界。

目　录

1　纽约需要慢慢靠近 …………………………………………… 1
2　越洋主播梦只要敢想就能实现 ……………………………… 13
3　大都会的门钥匙谁都可以有 ………………………………… 21
4　亲历美国大选 ………………………………………………… 29
5　不管你信不信，纽约有时可以比中国更中国 ……………… 41
6　闻所未闻的恐怖片随时就在眼前上演 ……………………… 48
7　新生报到络绎不绝，同学们为什么要来美利坚 …………… 55
8　一堵墙加一条街并不总是诞生奇迹 ………………………… 62
9　把全世界装进纽约地铁都不会觉得拥挤 …………………… 68
10　时尚主题是简约，其他的都弱爆了 ………………………… 78
11　iPhone在美国只是I的phone ………………………………… 88
12　"国民老公"的首富爹是美国人的重要话题 ………………… 94
13　距离不是问题　问题是没有距离 …………………………… 98
14　总理访美带来的不仅仅是故乡的风 ………………………… 106
15　大象之所以是大象真的有其基因优势 ……………………… 112
16　邂逅在美国你无须躲避 ……………………………………… 123

17	走进美西万花筒，我们都像孩子一样	131
18	牵手华尔街其实很简单	144
19	节日狂欢深处藏着一个个虔诚的心灵	150
20	犄角旮旯里的纽约剪影	157
21	有多少人的个展之路始于百老汇	171
22	小女子最怕风来的时候	178
23	因为信任所以美元	189
24	享受今天透支明天的速度与激情	195
25	悄悄的我走了正如我悄悄的来	201
26	Give	210
27	海外华人的事业"天花板"	227
28	所谓祖国到底是一座山还是一条船	233
29	钻进纽约社交圈派对是个不错的入口	241
30	谈 创 新	250
31	入 乡 随 俗	254
32	列 侬	262
33	林语堂翻译humour一词的时候穿鞋了吗	268

后 记……274

1

纽约需要慢慢靠近

一个新生命的诞生从一声啼哭开始,啼哭是因为离开母体的不适。来美国之前有人告诉我说你到了美国就像呱呱坠地的婴儿。事实上经由东京转机辗转二十几个小时飞抵纽约之后,我和纽约仍然还有一段陌生灵魂的距离。

梦想的驿站停靠在美丽的纽约湾,哈德逊河犹在清唱自由之歌。远征军的战火纷飞随着岁月烟消云散……"人人生而平等",历史的声音低沉地讲述着"纽约客"的故事。两万年前印第安人的自由天堂,一万年前因纽特人的冒险,从十七世纪到十八世纪中叶战火纷飞,它饱经沧桑,1776年人们庄严地在《独立宣言》面前……乘着时光的列车,来自东方古国的女孩儿轻轻靠近你的胸膛……

落地美国的第一夜可以住进属于自己的公寓,想来这是一件多么幸福美好的事儿啊。辗转了二十几个小时的飞行,梦一般的,我落地在纽约曼哈顿上城靠近哥伦比亚大学的108街,灰色石阶、暗红色墙壁的公寓住宅区,楼层不高,都是六七层的样子,厚实的石板墙壁上凸起的古老雕刻图案,黑色油漆的细条铁栏杆勾勒出阳台上的柔美曲线,仿佛躲藏着许多故事的玻璃窗掩映在浓密的绿色树荫里。傍晚的阳光在逐渐淡去,太平洋彼岸一片静谧安详。

留学生室友带我走进公寓,这是一套我从未谋面,出国前通过朋

Hold 住：中国女孩 183 天美国行

来到纽约后的第一个家（拍摄于 2016 年）

友介绍，用微信联系租下的合租公寓。走上地面的短台阶，通过公寓的两道玻璃楼门，是一条不太宽敞的走道，宽度和上海的老式居民楼差不多，勉强可以并肩同行两个人。白色的墙壁左边是一排爬满锈迹的绿色铁质邮报箱，金属外壳上面刻着房间号码，走廊尽头有相邻的几个房间，拐角是通往二楼的阶梯，每一个楼面共有四套公寓，门都对着楼梯口的位置。楼道里阴凉而且安静，楼梯的长度和宽度也和上海的老洋房差不多，走到二楼，右手边第一间就是，墨绿色的房门很有美式乡村的感觉，铁质的材质显得有些硬朗。公寓进门仍然是一条走道，而且比较窄小，过道的右边有两个房间，空置一间，另一间的女主人几天后也回国了；向里面走，有两个大一些的房间，其中一间就是我的房间。我迫不及待地走进去看，房间对面是洗手间，再边上是一个开放式的厨房，微波炉、冰箱、烹饪器具都还齐全，厨房边上的一面墙壁上嵌着黑色铁质窗棂的格子玻璃窗，从窗子可以看到对面公寓的房间里淡黄的灯光。我的房间有十二平方米左右，正对房门的墙上是一面开阔的单层大窗，浓密的树枝正从窗前爬过，风吹过树叶沙沙地响……来接我的学长Charlie看了房间笑着说"还是蛮大的呀"……陈旧木质地板，木头缝儿里淤积了很久的灰尘，一个乳白色九宫格书架，一张黑色带着划痕的木质书桌和一张标准尺寸的木质双人床，白色的衣橱嵌入式地镶在墙壁里，足够放下我一个人简单的行李。

两个接我的学长也先后赶到公寓了，Ye帮我带了一床被子、一条毛毯和一个枕头，Charlie送来了之前看房时候已经帮我收好的房门钥匙。放下行李箱和留学生室友认识问好后，我让朋友带我在公寓附近简单地走走转转，辨识一下方向，了解一下附近的生活环境，顺便也在附近街边的超市买了一些简单的生活用品。印象很深的是，在公寓楼出来右手边第一个路口右转向前走大概两条街，有一个门面不大的家居商店，干净的大落地窗，从外面可以清楚地看到商店里松软的大床，我走进去想要买一套新床套，销售员非常友善，向我介绍这家店的品牌，这

远眺帝国大厦

些床上用品材质中棉布的含量……我看中了一套纯色的床上四件套，被套床单搭配两个枕套，最后纠结了一下颜色，一向对绿色不是很有感觉的我，那天特别中意了草绿的颜色，感觉这个绿色和房间里的黑色窗棂很搭配，会有浓郁的田园气息，或许也是因为绿色可以让我感受到蓬勃的朝气和生机。

这个积满灰尘且凌乱的房间对我这个有洁癖和强迫症晚期的人来说，注定要通宵不眠了。我把桌椅床铺重新摆放整齐，然后开始打扫房间，那一晚应该十分疲惫不堪才对啊，然而我却好像打了鸡血，撸起袖子就准备大干一场。窗帘杆歪了，我爬上书桌一只脚踩在桌子上一只脚踩在窗台上仰着头把杆子重新挂起来。洗手间里有现成的几把拖把，我把拖把洗干净就开始擦洗地板。黑色的书桌上积着厚厚的灰尘，新买的脸盆派上了用场，洗抹布擦桌子抹房间，我完全忘了自己刚刚经历了二十几个小时的长途飞行，忘了自己是飞越了地球的两端。我记得那一晚一个人在公寓房间里打扫到凌晨，我把公寓走廊上堆积的杂物清理得一干二净，把厨房的器具清洗干净，把所有的垃圾打包，最后当房间里的一切摆放整齐，窗明几净，新床套和枕套都套好的时候，我瘫倒在地上对疲惫不堪的自己说"这里就是家了"。

最后我把我最宝贝的水晶苹果放到床头，那是有一年过生日的时候，母亲从家乡寄给我的生日礼物，她说看到这个水晶苹果的时候觉得特别可爱就想送给我。苹果在我们老家象征着平安。记得读大学的时候，每次坐火车从老家返回江苏的大学时，母亲总会在行李箱里给我塞两个红红的大苹果。于是在离开家乡来美国的时候我带上了母亲给我的"平安果"。

现在回想刚到纽约的一段时间有几点感受很深，那段时间里我特别想家想父母，有时候甚至会想念到骨头疼，真的是一种刻骨铭心的挂念，会有再也见不到他们了的奇怪想法！在那些日子里想起了很多小时候的事情，想到年轻时候的父母，记忆中母亲盘起长发，穿着丝绸面料的旗袍，站在穿衣镜前身姿曼妙，微笑着……然而时光荏苒父母已经年迈，去美国的这段时间让我对父母人性中的一些弱点更加理解和包容。人生有时候是要感恩距离的，如果说在美国的生活让我的人生观更加成熟了的话，那么首先是对亲情、对家庭有了深刻的体会和感恩。另外也是有生以来第一次如此真切地感受到生命的渺小，当我一个人走在纽约街头看着各种不同肤色、不同语言的人从身边经过，无论看到的听到的都是十分陌生的时候，我发现自己实在渺小，总能想起出国前一位老师和我说的一句话，他说"你到了美国之后，会像一个刚刚出生的婴儿"。事实证明确实如此，事实上美国之行是我的心灵和灵魂生命的一次新生，这个婴儿在快速健康成长。"出远门的孩子长大快"，果然是这样。在这里我没有借口，没有依靠，没有任何逃避的余地，一切现实困难就硬生生摆在眼前。不管衣食住行，还是工作情感，所有生活中的问题就像一个即将在明天烂掉的苹果，必须在凌晨前把它吃完，否则腐烂的面积一天比一天增大，但如果我能早一点把它吃掉吃完，它就是营养，就是能量。刚到纽约的时候，我逼着自己吃完了很多"烂苹果"。

到纽约的第一顿晚餐，朋友开车带我在公寓附近兜了一圈儿，还特地推荐了一家有名的中餐厅，但到了餐厅之后发现等位的人超多，于是我们换到了附近的另一家意大利餐厅。餐厅是典型的欧式田园风格，白色格子玻璃窗，淡绿色的墙壁，红白相间的方格棉布桌布，白色的木制靠背椅，乌铜色的吊灯让餐厅多了一些古典味道。餐厅中央是一个环绕成椭圆形的吧台，三三两两的人们坐在高脚凳上喝着啤酒，看着吧台上面悬挂的电视机里正在播放的"超级碗"比赛。服务员十分热情地走上前来，招呼我们在略微靠近餐厅中央的餐桌坐下，餐桌大小刚好适合两人用餐，右手边的玻璃窗可以看得见街上经过的行人。朋友向我推荐了餐厅的招牌牛排，想想就好美味，朋友是华人由于工作的原因已经在美国生活了多年，他给我的印象应该是既有中国人的儒雅和谦卑，又有美国人的多元化和大胆，中美文化的影响在他的身上都可以找寻到蛛丝马迹。我们共同举杯纪念这一天。

夜幕里朋友开车带我在哥伦比亚大学附近兜了一圈，因为在中国从事过房地产项目开发的经历,我对道路的方向非常敏感,脑子里迅速生成了一个以哥伦比亚大学为圆心,向四周扩散开的几条主要道路的地形图。尽管天色已晚,天空中依然飘散着大朵大朵的白云,湛蓝的天空显得格外高远,路边的教堂在夜幕里显得格外庄严和神秘,长长的阶梯连接着马路这一边的人间烟火和阶梯那一边的虔诚灵魂。

美国的住所和我之前在国内通过网络了解到的状况差不多,从公寓走出来经过两三个街口就有地铁站,地铁站边上有水果店、超市、比萨店,沿街的餐厅、银行、商店……生活环境非常方便,而对我来说最爱就是大学,步行十分钟就可以到哥伦比亚大学的校园,可以在那里自习读书,可以在校园里跑步……这个初到纽约的安身之所令我很满意。

在之后的每一天里,清晨我从公寓跑步到哥伦比亚大学,再绕着校园跑圈,最后从哥伦比亚大学跑回家,有时候也会在公园里跑步,经常会遇到公园里的职业遛狗人,打篮球的非洲裔少年,帮助流浪汉的华裔警察……每天的晨跑从来不会间断,这也是在大学时候养成的习惯,纽约清晨发生的故事也在记忆中渐渐沉淀。锻炼身体可以保持心态,同时也可以在清晨的阳光里仔细地端详公寓附近的环境。日后想起,总觉得正是每天的晨跑让我在初到纽约的那段日子里拥有了一个健康的方式去缓解压力,保持恒定的毅力和健康状态。

有一天在中央公园晨跑,我看到一个少年爬上长长的木梯子,在给路边的一棵树安装一个小木头箱子。看他小心翼翼地,我很好奇,就跑上前问他,原来他是在做公益工作,给这些树木安装一块涂有黏胶的木板,让树木上的害虫被木板的香味吸引而被牢牢粘住……而每年在中央公园举行的各种公益活动也非常多,印象中很多中国留学生就常常组织大伙儿在中央公园培土、植树做义工,后来也听说中国的企业家来到纽约在中央公园做公益慈善活动。

初到纽约的一个星期里我没有给自己安排工作任务,大部分时间在居住区附近熟悉环境,调整身体和心态。我记得那些日子几乎被自己安

男孩正在为中央公园的树木杀虫，他把粘有胶水的木板绑在树上，这是一项公益活动

排成了一场军训，早晨六点起床晨跑，晨跑约两个小时，每天晨跑选择的路线都会不同，在一个星期的时间里我几乎跑遍了住所附近的每一条街道，在哪一条街上可以买到好吃的大米，在哪一条街上有银行和药店，在哪一条街道可以抄近路跑回家，都在晨跑中有了惊喜和发现。八点左右结束晨跑接着就去超市买菜，买好当天要吃的蔬菜水果和第二天的早餐带回家。回家后先洗个热水澡，上午在家中自习英文，或者看美国电视台的电视节目，学习美国电视节目里面主持人的主持风格。中午在家里自己做午饭，吃过午饭后要打扫公寓卫生然后午睡会儿，下午的时间尽可能约朋友在外面见面，在户外活动中了解这座城市，最开始是约见中国朋友的纽约朋友，再约见纽约朋友的纽约朋友，我所有的约访对象都集中在房地产行业和金融行业或者常青藤高校的朋友们。

记得有一次和一位两年前在美国认识的朋友见面，朋友告诉我要乘坐地铁的线路和到达的站点，那也是我到纽约后第一次在纽约乘坐地铁。纽约地铁站基本上都是自动售票，有的站点有人工服务，及时处理故障问题，有一些地铁站入口并没有人工服务，地铁站里的黄颜色自动售票机器都已锈迹斑斑很是老旧，在购买车票的时候首先可以选择提示语种，按照提示语言，放入钱币，购票，找零。在纽约乘坐地铁车票价格没有因为里程远近的区别，不同车程的票价相同，每张单程车票票价三美元；如果给地铁票一次性充值20美元、50美元等也会得到不同的优惠，基本上会在充值金额基础上再多几美金的票额；如果购买月票会更加划算，一次性充值当月无限次乘坐；另外纽约的地铁是二十四小时昼夜运营，夜里的车次间隔时间会比白天稍长一些，但仍然会有地铁可以搭乘。在初到纽约的一些时日里学习乘坐地铁是一件很必要的事情，因为纽约市区堵车现象比较严重，而地铁四通八达可以通往纽约的每一个地方，非常方便。但对于初到的人尤其母语不是英文的人来说，这是一件很让人头疼的事情。几乎每个来纽约的人都经历过乘坐地铁乘错车或者下错站的糗事，尤其是在赶时间的时候，是上城方向还是下城方向如此简单的一个问题，就因为对纽约街区还不熟悉很容易会搞错。初到纽约的时候我会在出门前和朋友提前在电话里问清楚我应该乘坐几号线，坐到哪一站，然后在乘坐的每一个换乘环节和地铁站或者向路人问路确认以免走错。有些生活技巧确实需要经历才能学会，我用手机拍下纽约的地铁线路图，熟悉站点的名字，渐渐熟悉了纽约地铁脉络。其实在纽约地铁上容易走丢还有一个原因，因为初到这个城市，地铁中的形形色色的新奇事儿很容易让人走神，一不小心就来到了一个计划之外的惊喜之地。

　　在初到美国的生活中也发生了很多让人窝火憋气的事，租房是其中之一。因为初来乍到没有信用背书，且又是外国人，在我租住独立公寓的时候，差点给人脱掉一层皮，那次的租房经历简直是对内心和身心的双重折磨……每天紧张的电视台实习结束后，我开始在网上找房子，然后约中介或者房东看房子，下班之后还要奔波到夜里很晚。记得有一次为了赶时间多看一套房源，我在快餐店打包了盒饭带到下一个看房的地点，在那套空房子里，一边呼吸着刚刚粉刷过墙壁的粉尘吃盒饭一边和中介房东看房子，几天后终于找到一套比较满意的公寓。那时候哥伦比亚大学附近的房子马上快要到期了，但是新公寓的华裔中介大姐告诉我，没有美国的信用背书，犹太人房东要求我必须一次性支付全年的房租另外再加一个月的押金，还说不管我到哪里租房子，除非与人合租，如果我要自己一个人租一套公寓，基本都会遇到同样的情况。记得那几天我刚到美国的电视台，每天为了适应实习工作，几乎连上厕所都要带着新闻稿，吃饭的时间也被挤得所剩无几，但是为了凑齐租房子的钱，我每天中午要跑到华尔街上找自动提款机取款，因为每天每一张银行卡提取美金的额度是有限制的，所以为了每天提最多的现款，我经常更换不同的银行取钱。为了可以一次性多提取几百美元，我还特意跑到法拉盛的中国银行。直到有一天，我彻底爆发了。那天我还来不及吃午饭，又跑出去华尔街的银行提款，带着现金回电视台的路上，我又收到了华裔中介大姐的催款信息，不知道是因为马上要直播新闻的焦虑，还是中午没有吃饭的委屈，还是这么多天为了这个整年房租的到处奔波的焦虑，我瞬间被引爆了。我对那位华裔中介大姐郑重地说我来美国的初衷就是让自己去多学习，我租住公寓的目的也是为了让自己有更好的生活

在哥伦比亚大学校园

状态，更投入地工作和学习，但现在反而本末倒置，为了这套公寓我正常的工作和生活都受到影响，而且美国房东的要求非常不合理，对外国人不应该有这样无礼的苛刻要求，她自己也是华人为什么丝毫不能体谅我。说完，我关掉了手机回到电视台准备下午的直播节目。之后的两天里华裔中介大姐陪我在新租住的公寓里与胖胖的犹太人房东签订了租房合同，我支付了半年的房租和一个月的押金。之后那位华裔中介大姐有些不好意思，委婉地和我说他们也没有办法，她说因为好的房源少，公司嘱咐大家要把房东当作更重要的客户，一切都以房东的利益为先为重。这让我的心里感到一丝凉意，初到美国经常会遇到这样的状况，尽管都是华人，尽管她也有刚来美国的经历，但很多人在利益面前还是会非常地冷漠。后来想到这件事也让我觉得曾经的经历是一件好事，让我对之后在美国遇到的热心朋友更加珍惜和感恩，我也会在不顺利的时候提醒自己这儿是在美国而不是中国，凡事靠自己努力不要指望任何人同情。

在初到纽约的一段时间里，尽管遇到各种各样的问题，然而正是这样的日子才会锻造出属于"纽约客"的性格。如《北京人在纽约》中的开剧旁白："如果你爱他，就把他送到纽约，因为那里是天堂；如果你恨他，就把他送到纽约，因为那里是地狱。"在纽约大家都会经历很多困苦，有很多需要独立面对和解决的问题，没有依靠，没有借口，没有退路，有时候甚至没有时间拖延，这座城市仿佛它的颜色一般灰色和冷酷，唯一能做的就是调动自己身体里的每一根神经每一个细胞，全力以赴，竭尽所能！这就是 New York。

☞ **实践：**

初到纽约的时候我的状态是十分分裂的，一方面因为崭新的全然不同的世界而满心欢喜，好奇心得到了极大的满足；但另一方面因为一个人初来乍到的孤单,其实内心十分恐惧害怕。我永远不会忘记第一次自己独自一人夜里在纽约的马路上行走,看着身边和路上来往的大尺码的各种颜色的人们,我觉得每个人都有可能随时会从怀里掏出一把枪,我不知道他们是不是一群野蛮人,我不知道自己是不是随时可能死在这里,甚至一个彪形大汉从我的身边闪过我会心里一惊背后打个冷战。那个夜里的恐惧我终生难忘。现在想来这些恐惧除了初来乍到的原因,主要是因为中美之间太缺乏了解,彼此之间根本不知道对方的生活到底是个什么状态。随着在纽约生活的深入,这种恐惧感在日后很快烟消云散,我也得以拥有一个正常人的纽约生活。

2

越洋主播梦只要敢想就能实现

18世纪末19世纪初人们在美国西部发现了大量的金矿，幸运的人们开始因掘金而一夜暴富，"淘金潮"的传奇推动了移民美国西部的浪潮，"美国梦"自此被披上了浓厚的黄金色彩让来自世界各地的人们为之疯狂。"美国梦"早已是一个被众多美国人普遍信仰的信念，也激励着来自世界各地无数怀揣梦想的年轻人来寻梦，他们背井离乡，或移民或求学甚至偷渡，历经千辛万苦，只为来到这片神奇的土地实现自己的梦想。美国也因此成为全球众多成功者的摇篮，是他们成就梦想的热土，成为多少震惊世人奇迹诞生的地方。2008年，奥巴马的一本书《无畏的希望：重申美国梦》感召了无数人。美国作家托马斯·沃尔夫（Thomas Wolfe）对美国梦如此解释："任何人，不管他出身如何，也不管他有什么样的社会地位，更不管他有何种得天独厚的机遇……他有权生存，有权工作，有权活出自我，有权依自身先天和后天条件成为自己想成为的人。"

我经常想我是一个受到上天眷顾的人，初到美国的第一个星期就实现了自己儿时曾经的梦想！

然而在美国纽约华语电视台实习的经历外表光鲜亮丽，实则"五味杂陈，一言难尽"。

第一天到电视台报到，我特地穿了一条青花瓷花色的旗袍，淡蓝色的旗袍用银丝刺绣的花朵，精致的偏襟盘扣，"旗袍儿"从曼哈顿上城飘过，经过地铁里熙熙攘攘的人群，从华尔街地铁口靠近三一教堂的出口走出来，那天出门前我精心地化了妆，盘了一个适合穿旗袍的发髻，搭配银色高跟鞋。那一天是唯一的一次我几乎不记得那一路上自己曾经看到过什么听到过什么，脑子里只想着美国的电视台会是什么样儿，我怎么样来应付即将到来的挑战。以前业余时间里我也一直没有放弃普通话练习，看新闻读报纸，来到美国的一个星期里每天看美国的电视节目，盯着新闻节目研究美国的电视节目主持人……纽约地铁先乘坐 1 号线再转乘 2 号线到 Wall Street 地铁站，靠近三一教堂出口走出来，穿过百老汇大道经过纽交所，沿着华尔街再朝前走一段，在右手边第一个路口右转，步行大概两百米经过一家爱马仕专卖店左转，继续前行，在第一个路口右转边上办公大楼就是这家电视台的演播制作中心。之后的一段日子里，我无数次在这一段路上早出晚归，无数次从熙来攘往的华尔街走过。

第一天报到并没有那么顺利。我还不太熟悉使用 Google 地图，一路上问了很多人，走到威廉姆街的时候我知道已经很近了就是在这附近，但还是不知道该往哪儿走。街角是一家老式的小酒店，半圆形的转门对着街口，我走进门，吧台前并没有人。正在我失望的时候，迎面走上来一位中年非洲裔，他看上去五十岁上下，头发微微有些花白，戴着黑框眼镜，穿着合体的西装、白衬衫，他问我"有什么可以帮忙的吗？"我一边大口喘气一边把电视台地址拿给他看，他一只手轻轻地扶着我的后背，一只手朝门口的方向示意，非洲裔大叔帮我推开门，给我指了指右手边的方向，就是斜对面的这条街，向右手边走。那一刻的我仿佛长跑运动员跑到了终点线一样的开心，我和他开心地说"谢谢"，非洲裔大叔也很开心地朝着我离去的背影喊着"Have a nice day"。

就在小酒店右手边几十米，我看到了手上纸条地址上显示的门牌号 20，走进办公楼，层高不是很高，大理石地面，看上去有一些老旧，电梯口右手边是一个小型吧台。一位中等身材的中年白人男子穿着深蓝色制服，他问我要去哪里，我和他说我是来这的电视台报到的。他左右摇摆晃动着脑袋缓缓地和我说"Well, the 2nd floor"。电梯到了，制服男忽然大声向我喊，"Good luck!"电梯升到二楼，在古老门铃声中古铜色的电梯门缓缓打开，出现在眼前的是一个偌大的玻璃门，透过玻璃门可以清楚地看到里面的导播间，各种制作电台节目的机器设备排列成厚重的一排，各种密密麻麻的线路和忽亮忽灭的绿色红色的信号灯……

在电视台经理人的安排下，我被新闻部的主管带走，这是一个中年中国香港男人，叫P。P从来没有到过中国内地，在后来我们交谈中我明白他脑海中的中国应该是20世纪80年代的样子。后来他问我："内地有没有汽车？"P普通话讲得不是很清楚，平时都是讲英文和粤语，他让我在办公间找一个位子坐下来。那是一个偌大的开放式的办公间，没有格子座位间，整个一个大开间并排摆放几排办公桌椅，桌上的台式电脑、打印机、传真机十分陈旧，办公间到处堆满了小山丘一样的稿件和报纸，靠近墙边立着一面和人身高差不多的镜子，这就是主播的化妆间。几分钟后P走过来，慢慢地用不太清晰的中文问我，"你试过镜吗？"我说"没有"，他说"你试镜吧"，我说"好"。他的脸上一直没有任何表情，肤色是黄色上面再敷了一层暴晒后的黑色，小眼睛，单眼皮戴着眼镜，身材微胖。他和我讲完话叫来一位男同事，介绍说这个叫小M，也是这里的新闻主播，我们握手问候，P随后让小M拿一份当天的新闻稿件给我，让我熟悉一下。拿到新闻稿，我心情忐忑，虽然在国内有一些主持经验，但是今天来并没有做试镜的准备，本以为第一天来就是报个到熟悉环境，没想到一来就要试镜，而且直接播新闻。神经开始感到紧绷，几分钟后P走过来，脸上仍然没有一丝表情，他忽然问我："你，怕不怕？"我脱口而出"不怕"，他说"很好！""今天下午一点钟新闻就由你来播"，说完转身离开。不知道哪来的勇气，内心好像有一个声音在对着自己喊"行！"看一下时间，距离一点钟

华尔街边的三一教堂

一对情侣在三一教堂里接吻

新闻直播只有十几分钟，深呼吸，深呼吸，我迅速地默读新闻稿件，快速了解每一条新闻报道的具体事件，用水笔圈出重点和容易读错的字。导播间里的一位女同事走了过来，帮我戴上耳机，告诉我怎样使用主播台上的鼠标、提字器，后来我才知道这一台提字器已经使用了很多年。就这样匆忙地照了照镜子整理了我的旗袍，我第一次穿着景泰蓝旗袍坐上了美国电视台的新闻主播台。距离直播还有五分钟的时候，导播提醒我进入倒计时，我努力让自己平静，就在这个时候，那个男主播小M突然冲到我面前，"Helen，真的非常抱歉！刚刚给你的稿件我不小心搞错了，是昨天的新闻稿，我马上打印一份今天的稿子给你"……

调整好的状态瞬间凌乱了，在这位粗心的男主播拿给我新闻稿后，距离新闻直播只有一两分钟了，没有时间看稿子了，能做的就只有尽量调整好自己的状态了，这或许也是最重要的，我把新闻稿放在手边，调整好提字器，深呼吸，深呼吸……只能靠现场临时发挥了。此刻我体会到了"台上一分钟台下十年功"这句话的意思，我让自己尽量平缓镇静地播报提字器上的文字，小心地拨动鼠标，然而镇静之中灾难终于发生了！在播报到第四条新闻的时候，我跳过了新闻标题之后的新闻事件素材内容，直接播到了第五条新闻的标题。在我视线的余光里导播间门口几个同事瞬间乱成一团，互相比画手势,在导播间门口跑进跑出,我强迫自己目视前方,不管发生了什么,继续往下说,这是直播,每一个镜头都会被全美国的观众看到。第五条、第六条新闻顺利播报结束。"感谢您收看这一时段的新闻快讯,再会。"这就是我第一次在美国电视台的新闻主播经历,没有预先的通告,没有现场的准备,我在慌乱中强迫自己镇静……那大概是我一生中最漫长的五分钟!最刺激惊险的五分钟!惊心动魄却又定气凝神的五分钟!有了最糟糕的一次之后,我突破了一种心态,之后每一期节目不慌不乱,逐渐自信,同时刻苦研究新闻节目的全部制作流程,熟练掌握后台制作中每一个细微环节的技术,避免悲剧再次发生。

其实,初到美国电视台的时候,内心的感受是非常复杂的。现实环境和工作条件让人大失所望,国内都已经不再使用的打点视频剪辑器、脏乱的办公室、压抑的工作气氛,与脑海中的美国好莱坞时尚大片完全是两个世界,可以说现实的工作环境让我曾经憧憬的美国主播梦掉进了一个黑色冰窟窿。记得一天中午工作餐时间,我在公司的茶水间用餐,感觉视线里有个东西从地上溜过去,定神一看竟然是一只老鼠,我简直不敢相信眼前的这一幕,这个画面在我的

圣诞的脚步

脑海里久久挥之不去，灰色的情绪降到了冰点。华人在纽约面临着巨大的生存压力，就业竞争压力让这个电视台里每个人的薪资待遇维持在美国法定最低收入水平的前提下，又不得不保全自己的岗位，害怕被竞争而丢掉饭碗，员工的流动性也非常大，因此经常可以感受到紧张压抑的气氛。也正是在这样的环境里，让我迅速掌握了摄像、配音、后期剪辑、编辑新闻稿件等一系列电视新闻节目的制作技术，在美国电视台的实习经历，我觉得真的是赚大了！不仅仅实现了儿时的主播梦，参与了美国2016年总统大选的新闻工作，而且还让我得到了免费的学习锻炼机会，成为一个可以独立制作新闻节目的多面手。所有的事情总是正反两面的，谈到美国的这家电视台，内心感恩颇多！

　　刚到纽约的一些日子，有种精神恍惚的感觉，一个原因是环境确实陌生，让人恍如隔世；更主要的原因是，自己从小梦想的一幅画面，当它真的就呈现在眼前，忽然有点心梗的感觉。在我的成长经历中经常会回忆起小学时候的一堂课，同学们要扮演自己长大了的样子，然后告诉大家自己长大以后会做什么……当时我还很小，长得也很矮很瘦，我伸着脖子和同学们说，我长大了想要做一名电视节目主持人在电视上

晚间新闻

播新闻……话音儿刚落,大家哄堂大笑,都说那根本是不可能的事儿。于是在后来的二十年里,我都在努力,希望有一天,梦想能够实现。2016年在纽约,在美国最激烈的一届总统大选中,我参与播报了美国大选的电视新闻节目,然而坐在主播台前,竟然没有了我曾以为的兴奋与激动,内心只剩下平静和安宁。

人们总是会被耀眼的光环吸引,看到别人人前闪亮的一面,比如新闻主播。然而只有我自己知道在炙热的聚光灯下,在高高的主播台前,为了一天上下班要赶三个小时路程的腿脚尽量减轻疼痛,端庄的主播脚下踩着的是一双"人"字形拖鞋。在那段日子里我几乎每次都是手里攥着新闻稿冲进卫生间,坐在马桶上拿着水笔修改稿件。这段实习工作的经历对我来说是很难忘的,我真切地体验到了在美国作为一名电视媒体人是个啥滋味儿,这滋味并不是之前想的那么好受。

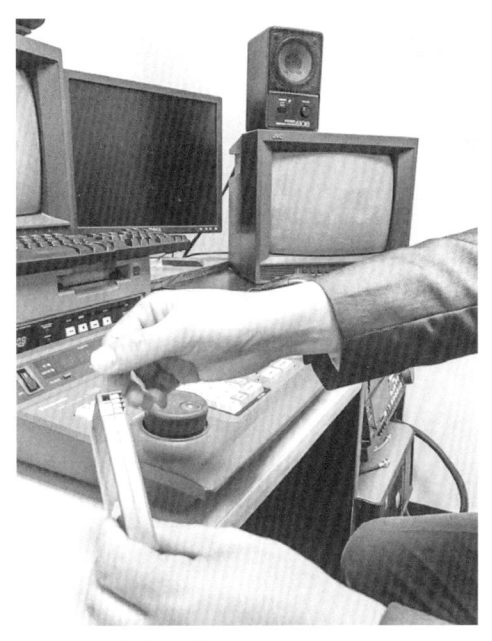

电视台里的老机器

在海外的华人共同的名字是"唐人",而"唐人"在唐人街以及唐人圈中的工作待遇普遍都不高,在纽约就业竞争压力极大。尤其老一代的移民英文水平有限,与美国的圈层交流存在障碍的唐人为了保住自己的饭碗也是使尽浑身解数。电视台里设备陈旧,管理落后,每一个职员都不得不让自己长出三头六臂。那段日子我不管去哪里做什么手里都是紧紧攥着新闻稿,走进电视台就再没有时间看手机,中午经常没有时间吃饭,一点种新闻直播结束,还要编辑下午的财经新闻视频,再给晚间新闻节目配音。每一天的日子过得像是在打仗,时间仿佛细沙在指缝儿瞬间流逝！

当我真的实现了儿时的梦想，端坐主播台前，面对摄像机，面对耀眼的聚灯光，向世界播报每天正在发生的新闻的时候，我发现主播的意义对我而言已不再是一个光鲜的梦，梦想在我的心里已成为一次旅行……耀眼的灯光下自然自在地面对真实的自己，宁静的空气中真诚地告诉摄像机前的观众我的内心想要传达的东西，在屏幕的另一端，我仿佛看见了远方的父亲母亲……

☞ **实践：**

时间倒回二十年前，在我的童年，我没想到有一天我会在美国的电视台播报新闻，我家人应该也没有想过。我记得小时候，父亲是家里第一个坐飞机的人，当时我觉得父亲特别了不起，小时候的我对外面的世界充满好奇，总想着到世界的另一端去看一看。母亲常常对我说，你一定要努力，好好学习，才能走出去看外面的世界。我的母亲虽然是一位平凡的中国女性，但母亲却是我人生中最早鼓励我要学会独立，要用自己的眼睛和心去看世界，去感知世界的人。

3

大都会的门钥匙谁都可以有

纽约是一座灰色之城,这里虽然不是千年古城却有着自己的沧桑。这儿的每一个细节都在彰显着混凝土的本色,钢筋健硕得仿佛一个非洲裔男子的胳臂。如果说古罗马是一个世纪的远古神话,那么在纽约却有着另类的怀旧文明。这里是一座宗教之城,神圣的中心,在这里到处是人类文明的座座丰碑。神灵注视着这里的每一个人,当代文明清风徐来,我的耳畔轻轻传来《荷马史诗》的歌声。

建国仅仅两百多年的美国究竟有没有自己的文化?文学、绘画、建筑、音乐、电影,美国人有着怎样的自我表达?到底是什么神奇之处使得这片土地如此吸引来自世界各地的天才和艺术家不远万里投入她的怀抱?纽约大都会博物馆何以与英国伦敦的大英博物馆、法国巴黎的罗浮宫、

哥伦比亚大学附近教堂(摄于落地纽约之后的第二天晨跑)

Hold 住：中国女孩 183 天美国行

纽约时代广场的自由职业者

午后的大都会

俄罗斯圣彼得堡的艾尔米塔什博物馆齐名,成为人类文明史上的瑰宝?帝国大厦何以成为美国人的灵魂象征?

在纽约生活会增添不少幸福感,其中一个重要原因就是城里大大小小的公园、博物馆和图书馆。纽约市中心图书馆、大都会博物馆都是我平时最喜欢去的地方,我还特意办了一张大都会博物馆的年卡,每一次去都会逗留半天,每一次离开总是觉得不尽兴。纽约古老的建筑在岁月的洗礼中日益黯淡,但其蕴藏的文明之光却指引着来自世界各地的人们。

时尚之都纽约是一座复古的城市,应该说是一种在复古以前的复古,时光之手在这座城市里抚摸后留下她的痕迹。这里也收藏人们的灵魂信仰,灰色的建筑是一位默默的朗读者讲述光阴里的故事。

"没有到过帝国大厦就不算到过纽约",想必来到纽约的人们一定对其心生向往。而这里也是纽约让我感到震撼的第一个地方。曾经占据世界第一高楼地位时间最久的帝国大厦,冷峻的外观,奇迹般的建造过程和其饱经沧桑的历史，都让它成为纽约的"形象代言人"。

2014年第一次到纽约，那里的建筑让我感到震惊，钢筋铁骨的建筑风格、赤裸的粗犷气质、灰黑颜色无处不在演绎着城市的过往历史，蛋黄的灯光在夜晚让整座城市充满了爱意和时尚之感。第一次登上帝国大厦的感觉是让我终生难忘的，我和朋友乘坐直达电梯，登上这座人类建筑史上的丰碑，电梯里用不同国家的语言介绍这个拔地而起的庞然大物。在电梯门口，有几个非洲裔门卫，其中一个特别活泼热情，做着各种夸张的表情动作，后来几次在帝国大厦都有看到这个门卫，可能是因为他表情和动作太夸张，第一眼就记住他。登上帝国大厦，浩渺的夜空就在头顶，从来没有如此贴近自己，有一丝风吹过，仿佛不是吹进现实，而是吹进画里；有几丝云，在眼前变幻着形状，白云下面的纽约，星火闪烁，无边无际绵延到天边。那一刻的画面我永生不能忘记……我想起了大学一年级时到上海实习，车子在高架桥上高速行驶俯瞰这座城市时内心曾有过的震撼，在帝国大厦这里的感动是第二次，但这一次的震感超越了第一次。人生中总有这样让我感到惊艳的时刻，而每一次"艳遇"让我更加着迷于当下和未来的生活，也让我越发明白生命的渺小而变得更加平和。我想我应

帝国大厦墙壁上记录建筑工人的照片

3 大都会的门钥匙谁都可以有

该感恩早在那个年月帝国大厦的伟大缔造者，让现在的我有了无尽的能量和好奇去向往和靠近这片原本遥远的土地。

纽约大都会博物馆的灰色温柔经常让我错觉像是在《罗马假日》的浪漫里，金色的阳光，灰色的台阶，来自世界各地的人儿……

有一次去大都会博物馆已经是傍晚，离闭馆时间只剩不到两个小时，经过安检大门，我匆匆跑上长长的楼梯，推开博物馆二楼右手边展厅的大门，眼前的一幕瞬间让我找到一种满足感。这个展厅陈列的展品是欧洲艺术家油画作品，故事的出处来自《圣经》，灰色的墙壁让人感觉安宁，木质的条形拼接地板，玻璃吊顶。那一天我在这一间展厅静静地待到闭馆。记得其中一幅油画中一位妇人刚刚生产下一个男婴，但妇人身边的侍者却全都是惊恐不安的表情，这让我很疑惑。正好看到附近站着一位展馆的工作人员，一身黑色的西装，白衬衫，红领带，面色红润，头发银白略微有一些细小的卷，年纪大概有五十岁。大都会馆员很友善耐心地慢慢跟我讲解起来。在这一间展厅进门左手边墙壁中央的一幅油画很触动我的内心，绿色的田野已经微微开始变黄，天空中低低的云，湛蓝的天空没有边际，整个这一面墙展现的全部是田园风光，让我仿佛回到了儿时的故乡。

午后的纽约大都会博物馆门前有来自世界各地的人们，三三两两坐在长长的阶梯上，我的耳边传来小提琴手悠扬的演奏。我一直觉得纽约的

摄于大都会博物馆

摄于 MOMA

我和小鸟 （摄于Coney Island）

灰色是一切的底色，在灿烂的阳光下被镀上金边，在雨夜里演绎寂寞，在沸腾和喧嚣中衬托人们的自由。

有一幅画面，它在纽约大都会博物馆的广场上，是纽约送给我最美的油画作品……从公园大道朝着大都会博物馆走上来，远远的，心就想快点奔过去，早晨的阳光活泼地播撒在大都会博物馆前，那里就仿佛是一片圣地，灰色的建筑瞬间变成了金色，金色的屋顶、金色的石柱、金色的阶梯。年轻的男孩子在台阶上站着，他们穿着牛仔裤，紧身T恤，望过去是金色的胴体，情侣在阳光里互相依偎着，一起眺望远方。穿着红色衣服的白人女孩，金黄色的鬈发，在金色阳光里仿佛戴了一顶金色的冠，她在悠闲地翻动手里的书，手指纤细白皙，书页也是温暖的颜色，阳光跳过书页反射在姑娘美丽的脸庞。孩子们在喷水池前嬉戏打闹着，时而有鸽子飞过来聆听小提琴演奏，精灵般灵巧地飞过来，有的在天空中打着旋儿，有的在地上陶醉般踱着……我从马路对面跑过来，白色的短裙，裸色高跟鞋。他站在大都会博物馆前面广场中央，很瘦，笔直地站着，个子很高腿也很长，像是一棵树，小提琴在他脖子下面的位置高得让人觉得有那么点别扭，披到锁骨的长发，黑色微卷,他正在演奏的是中国民歌《茉莉花》。我停了下来,站在他右手边斜前方的台阶上,歪着脑袋看着他。他把脸朝向我拉着琴,暖暖的阳光掠过琴弦抚摸了每一个音符,它们流向我。那一首《茉莉花》是那一天纽约送给我的礼物。这个城市总是会在不经意间触动了人心底最柔软的一处。琴声落下我走近他,在黑色的琴盒里放下纸币,我

大都会博物馆的油画

抬头看着他的眼睛,瘦削的脸上一双明亮的眸子像湾寂静的湖,长而浓密的睫毛在阳光里闪烁温柔,我朝他笑一笑说"Thank you!"回头迈开步子走上博物馆的台阶,转身的瞬间,身后响起了一首嘹亮的《义勇军进行曲》,而他演奏得这般轻快有力,站在台阶上我回头望着他,心里说"谢谢你,纽约!"

☞ **实践:**

人们总是对与自己的生活有着千差万别的世界充满了好奇。记得小时候父母鼓励我多读书,父亲有很多藏书,我记得小时候读的第一本外国名著是夏洛蒂·勃朗特的《简·爱》,这本书我反复读了几遍,现在想来,或许从那个时候起一种独立的、勇敢的因子就已经偷偷在我的身

体里埋下了种子。其他的一些国外的名著里也有很多细节性的景物和环境的描写与讲述，这些情景都与东方古国的文明有不少差异，在近几年的游学、旅游中让我大开眼界，大饱眼福，曾经的故事里、电影里的场景出现在眼前，每当此刻便觉得人生幸福。我经常想，只要一个人他活着，这本身就是一件多么快乐、多么值得我们感恩的一件事情。

4

亲历美国大选

仰望美国历史的天空繁星闪烁,有两个人,他们的人生与美国的命运紧紧相连,他们的存在仿佛是月亮在黑夜里驱散寒冷与恐惧,仿佛是太阳让人们在阴霾里看到勇气和光明。他们用生命缔造了这个伟大的民族,不仅美国人,世界人民也为之敬仰,他们是乔治·华盛顿,亚

自媒体直播2016年美国总统大选,竞选结果出炉当晚的纽约街头

伯拉罕·林肯,历史学家称华盛顿为"国父",称林肯为国家的"拯救者"。在美国,每年二月的第三个星期一是"总统节",纪念这两位伟大的领导人。

1775年至1783年乔治·华盛顿在美国独立战争时任大陆军总司令,1787年主持了制宪会议,制定了现在的美国宪法。1789年,乔治·华盛顿经过全体选举团无异议的支持而成为美国第一任总统,同时也成为全世界第一位以"总统"为称号的国家元首。亚伯拉罕·林肯是美国第十六任总统,首位共和党籍总统,也是首位被暗杀的美国总统。他为推动美国社会向前发展做出了巨大贡献,受到美国人民和世界人民的崇敬,是世界历史中最伟大的人物之一,领导了拯救联邦和结束奴隶制度的伟大斗争。人们怀念他的正直、仁慈和坚强的个性,他一直是美国历史上最受人景仰的总统之一。2006年,亚伯拉罕·林肯被美国的权威期刊《大

自媒体直播2016年美国总统大选,竞选辩论之地华盛顿大学

西洋月刊》评为影响美国的 100 位人物第一名。

美国实行总统制，总统选举每四年举行一次。四年一次的美国总统选举又被称为"驴象之争"或"驴象赛跑"。"驴子"是民主党的党徽，"大象"是共和党的党徽。"驴象之争"一名源自 19 世纪 70 年代，在美国的《哈泼斯周刊》上，曾先后出现政治漫画家托马斯·纳斯特的两幅画，不料漫画问世后，两党出人意料地都欣然接受了这两种动物：民主党人认为驴子其实是既聪明又有勇气的动物；而在共和党人的心目中，大象却代表了尊严、力量和智能。自此，驴和大象就逐渐成为美国两大党的象征，两党也分别以驴、大象作为党徽的标记。每到选举季节，海报和报纸铺天盖地是驴和大象的"光辉形象"，竞选的会场上也时常出现充气塑料做的驴和大象。

2016 年美国大选无疑是近些年来最激烈的也是最好看的"驴象之争"。大选的两位竞选候选人颇具特点且备受争议，民主党候选人希拉里，历史上第一位拥有公职的第一夫人，美国大选历史上首位获得主要政党提名的女性，2016 年彭博全球五十大最具影响力人物排行榜排名第三名；共和党候选人特朗普，地产开发商，人称"地产之王"，电视真人秀节目主持人，畅销书作家，毫无从政经验。2016 年美国大选过程跌宕起伏，大选进程中状况频出，各种爆料让竞选人体无完肤，人们称这次大选为"有史以来最撕逼的一届大选"，台上是竞选人的战场，台下是沸腾的疯狂的美国选民，美国人民的大选参与度和热情程度让我目瞪口呆！

如果不是在美国亲眼所见，我无法相信一个国家的总统大选是这样儿的！大选过程比任何体育赛事都激烈紧张，牵动了全国的每一位公民，甚至是孩子，如此细微地渗透在人们生活的点滴之中。如果不是亲身体会、亲眼所见我从未想到有这样有趣儿的总统大选，竞选人的形象可以被做成小镇街口的雕塑、布偶玩具、T恤衫、帽子，甚至是万圣节上的 DIY 装扮形象。老百姓茶余饭后家长里短都会谈及大选，甚至在

播报美国大选新闻

感恩节里一个普通家庭也会因为谈论大选而挑起家庭内部"战争";从村镇到城市任何一个地域都是有可能决定最终胜负的战场,每一个地域人们的需求都必将受到竞选两党团队的重视;不论平民百姓,也不论是没有收入的大学生还是权贵富豪,就连巴菲特老爷爷都会挺身而出为自己拥护的竞选者站台欢呼,没有任何人会置身度外;旅游纪念品、商店里的各种文化和时尚用品上都可以看到两党候选人的形象,有的设计华丽,有的设计充满讽刺,而店家对代表了两党的商品摆放,数量和位置都是平等对待不分主次;大选中美国媒体的职责就是批评指出两党竞选人的缺点和劣势,在电视、广播等公开平台两党所占用的时间也几乎等同,每人每天轮番被新闻媒体报道,保证曝光率的公平性。在竞选辩论现场,人山人海甚至跑趟洗手间都要跋山涉水很不方便,来自四面八方的人们却始终忠诚不减,且斗志昂扬,必将把自己内心对候选人的爱进行到底。

2016年对我来说是很幸运的,亲身经历参与了美国的新一届总统大选,这几乎也是近些年来最受世界关注,最具争议的一次美国大选。虽然我不是美国公民不能参与投票,但作为一名新闻媒体人播报新闻向世界传达关于美国大选的最新消息,这样的经历回想起来仍让我激动不已。除了电视台的新闻节目主持,我还追踪美国总统大选进程,在圣路易斯、拉斯维加斯和纽约等地以自媒体的形式直播大选辩论的现场实况,希望不同国家的人们通过直播和我一起身临其境,感受美国不一样的大选文化。

人生中第一次亲身经历美国总统大选,美国大选文化给我的印象非常深刻!在竞选期间,从民主党、共和党两党内部角逐出最终候选人,到两党间的"驴象之战",整个过程可谓跌宕起伏,惊险刺激。竞选者个人和整个家庭如此淋漓尽致地公开暴露给美国和全世界,令人叹为观止。大选年里的美国人民和竞选者一样地疯狂,全民大选举国沸腾,美国总统大选更像是在一群疯子中选一个最疯狂的人!

在美国大选进行中的2016年里,人们都在谈及此事,在曼哈顿中城的高档写字楼里,在新泽西海边的小酒吧,在考罗娜公园的橄榄

自媒体直播2016年美国总统大选,华盛顿大学学生礼堂

球场,在曼哈顿的米其林餐厅,在自己的小家里,任何只要有人的地方……

我当时有些怀疑一个国家的总统大选在一个小家庭里也会有如此惊天动地的影响吗?后来几次在外州的现场直播,让我更加感动和震惊,每一次大选辩论的现场都是人山人海,激烈而热情。美国民众自发地从全国各地赶来竞选辩论现场,有的是一个人,有的是一个家庭,有的是一个团队,他们为了自己支持的竞选者,同时更是为了自己的将来,十分投入和珍视自己手里的这一票。不但如此,他们在路边演讲,在人群中辩论,在竞选辩论现场呼喊鼓掌,他们打扮得比过万圣节还夸张,身上、脸上画着各种图案和文字,每个人一目了然是谁的支持者……这就是美国,一国领袖之选牵动万千人民,抉择于万千人民,贵族或者平民,高官或者学生,老人或者妇女,每个人手中的一票都是独一无二且至高无上的。其实无论最后谁当选总统,美国大选都让美国人民更加热爱自己的国家。

在纽约做主播的日子里,新闻头条每天都会播报大选进程和两个党派的新闻事件,追踪大选的报道简直比现实生活里追任何一部悬疑剧

自媒体追踪直播 2016 年美国总统大选,竞选辩论之地拉斯维加斯

都刺激。尽管新闻主播不允许带有个人的主观感情色彩,但是在播报新闻的时候还是会因美国人民的激情和热烈而受到触动。新闻主播还没有让我过瘾,我带着从纽约China Town法拉盛的路边摊买来的自拍杆、三脚架追踪大选进程,开始了美国大选的直播之旅。

在圣路易斯第一次直播大选从一开始就紧张刺激!我是在大选辩论的前一天夜里大概十点钟才得知第二天是大选辩论这个消息,当时正在和朋友在中国城的一家粤菜馆吃晚饭,听到明天有大选辩论事件,我突然搁下筷子,让朋友立刻帮我订机票。朋友吞下食物,哽噎着说:"你疯了吗?现在已经是晚上十点了!还有机票吗?有也会很贵啊!明天酒店也肯定很难订啊……"我订了第二天一早六点钟的航班,赶回家整理了简单的衣物,几乎没合眼一大早就跑到了纽瓦克机场。

那时候心里的激动现在想来还是难以名状。同一个航班上几个华盛顿大学的学生告诉我前不久学校已经封校了,听到这个消息我的心

2016年美国总统大选结果揭晓当晚的纽约曼哈顿街头

2016年美国总统大选最后一轮竞选辩论 （摄于纽约）

瞬间凉了半截儿，一路上都感到不安，下了飞机我匆匆赶到酒店放下行李就往华盛顿大学跑。城市交通已经因为管控而变得十分缓慢。靠近华盛顿大学附近的街道两旁到处都是两党的拥护者，人们手里拿着国旗、标语牌，身穿印着竞选者头像的T恤衫，有的戴着竞选者团队标志的帽子，有的戴着标志竞选者团队的徽章，有的是一个人，有的是夫妻一起，有的是一个团队，热浪一般的人群一直密密匝匝地蔓延翻滚到华盛顿大学的校园门口。

我在现场采访了一些民众，有的选民是从其他州特意赶来，坐飞机或者自己开长途车赶到圣路易斯，就为了在现场为自己的支持者呐喊助威。临近大选辩论，陆续有两党竞选团队的车队开进校区，选民们颇有秩序地站列在车队两边呼喊，挥舞着手中的美国国旗和两党候选人的宣传海报。待到大选辩论开始，整个华盛顿大学更是沸腾了，校园的操场草坪上也站满了人，大家盯着学校门口的大屏幕，CNN电视台在校园内的演播室显得格外紧张和神秘，教学楼的教室内都在播放大选的现场视频，阶梯教室的座位和地上都坐满了人，竞选双方的每一次发言或者反驳都在礼节性的举止中字字直戳对方要害伸张各自的主张，台下的人们时而报以热烈的欢呼声和掌声，时而一片嘘声。竞选辩论结束后，竞选机构、媒体会清点每一场辩论之后民众对两党候选人的投票情况以及两位竞选人在不同区域的民众支持率，在统计结果出来之前，所有的人都只有等待，也都在猜测。每一个州的投票结果都将牵动和决定整个美国乃至世界的未来。

第二次直播大选是在世界名城拉斯维加斯，这也是我在美国直播历程里的一次高潮。当天我在大选辩论现场采访了很多选民，其中偶遇了两个华人大男孩，他们一个生活在美国西部，一个是从欧洲赶过来。两人是中学同学已经十多年没有见面了，因为关注这次的美国大选又相约在一起！在现场我还遇到了另一个和我一样的疯子，他是拉斯维加斯当地的一个小伙子，这个大男孩也在做大选现场直播，把视频分享到社交网站。我看到他在现场的围栏边上冲着美国的媒体大喊"Tell the truth! Tell the truth!"他拿着自拍杆在人群中穿梭，边走边在现场解说，我们两个人时而分离各自直播，时而合体互相搭档，这样的经历实在有趣，看到直播的朋友发来微信和信息说这是非常棒的直播，让大家仿佛身临其境看到了美国大选的实况，看到世界的另一端，而这正是我关注和直播美国大选的意义所在。

大选结果即将出炉的当晚，两党阵营的粉丝队伍在场外排成了浩瀚长龙，人山人海没有首尾，人们遵守秩序整齐地排着方队，缓缓移动。那天沿着哈德逊河我走了很长一段路，河对岸的晚霞从蛋黄到火红，路上的同伴也都走得火热，顺着人流大家前往同一个目的地……最后一次直播总统大选是在纽约，我奔走于竞选者阵营两边。我记得那天晚上出租车特别难打，马路上的人们个个脸上都写着"大选"两个字，有的颓唐，有的紧张，有的兴高采烈，有的黯然伤神，有的人在奔跑，有的人裹着风衣慢慢前行……获胜者阵营早已一片欢腾，小红帽连成红色海洋，挥动的美国国旗犹如翻滚的蓝色海浪。道路两边挤满了现场报道的媒体，马路被拍摄的灯光照得灯火通明仿佛白昼，一长条的媒体摊位好像一个偌大的媒体、电视台夜市。失利一方的支持者也来到这里闹事了，他们排着长队拿着标语牌呼喊对胜利者当选的不满，两边的民众又是一番激烈的叫嚣。我站在人群中间，看人们呼喊争论得面红耳赤，竭尽全力，这仿佛不是一个国家的总统大选，更像是一个全国人民的节日，人们兴奋地庆祝，虽然我是一个外国人，但还是深受感染。我记得当晚大选选票结果出来，我刚刚经过曼哈顿中城，街边站着两个白人男子抽着烟神情不是很开心的样子，街边到处传来兴奋和热闹的声响，我们的目光相遇，我问"How about that?"他们说："Oh, that is ok!"男子问我："How about that?"。我说"Any result is the same to me"。就是这样，无论是竞选现场还是街头巷尾，哪怕是在一个街角，大选就像一次主题派对，美国人很尽兴。

自媒体直播2016年的美国大选，这是一次非常有趣的体验，在自媒体直播兴起与流行的今天，把直播和当下世界上最热点的新闻事件相结合，大胆玩直播，大胆谈大选，这个实践过程比之前想象的还要过瘾。在美国大选中，人们的参与性极强，直播过程丝毫不枯燥，发生了很多有趣的故事，每一次的直播都可以剪辑成为一档真人秀节目。

除了传播时事的功能之外，整个横跨美国东西部的大选直播经历让我体验了美国不同地域的风俗民情。第一次直播大选我一早要从纽约纽瓦克机场飞往圣路易斯。在机场办理行李托运的时候，我遇到了三个华盛顿大学的中国留学生，在交谈过程中我能感觉到这些在美国的中国留学生既不像国内的孩子那么腼腆羞涩，他们会积极主动地招呼人帮助人，也不像本土的美国人那么奔放幽默，他们至少会和陌生人保持着一段小小的距离感。到了圣路易斯他们邀请我搭乘他们的顺风车到酒店。

在拉斯维加斯的直播遇到的两位华人中学同学，在见证历史的舞台上他们重拾了彼此多年的友谊；驱车八小时从美国东部赶来的年逾古稀的老夫妇在大选中见证了他们半个世纪的爱情；拉斯维加斯和我一起玩直播的美国大男孩儿和他的直播小团队疯子一般的"专业精神"；现场舞动美国国旗、全身装饰着各种竞选者标志的粉丝团，直播中国内外朋友的热情互动，电话、微信里对直播的兴趣和热辣互动……在直播美国大选的过程里我看到的不只是美国总统大选现场，看到的不只是美国民众的情绪，我看到世界的联通，看到无论何时何地人们之间纯粹而简单的情感，看到许许多多生命是自自然然地紧密相连。

今天回想起来，我似乎还能看到华盛顿大学校园里午后温暖的阳光，透过繁茂树叶间缝隙的斑驳光影仿佛在计算着大选倒数的时间。大学门口马路两边拥挤的人群，他们从美国的四面八方赶来，有学生，有情侣，有老人，他们坚持自己，信任当下，憧憬未来。我好像依然能够闻到圣路易斯古城堡酒店里旧木地板的味道，夜里小酒吧脸部轮廓清晰的男人手指间的香烟，酒吧侍者身体紧绷而丰满的女孩淡黄色的鬈发，酒店大厅里悬挂着的动物白色骨骼和皮毛标本，酒店走廊两侧墙壁的古老肖像油画，门前挂着的昏暗的老式铁架油灯，房间里巨型尺寸的碎花大木床……每一个回忆和画面里都充满着对生活的感恩和对未知的期许。

借着直播大选的机会，我游历了拉斯维加斯，在这个集中微缩了世界名胜古迹之城里，我感受着它的盛名和奇迹。在意大利威尼斯运河酒店里，我在贡多拉船夫悠扬的歌声中再一次穿越了，直升机降落在红色沟壑的大峡谷里，我捧了一捧红色的泥土……这些感受让我深深着迷。白色纱裙，贝壳项链，仿佛是降落在此的精灵，水上传来男人性感的吆喝，亦真亦假的阳光从头顶泼洒，迷幻的音乐中，一位墨西哥女孩摇曳多姿地向我走来。这里是美国的另一边，放松的、娱乐的，包容万象，充满阳光。

无论在浪漫阳光的美西，还是严谨俊朗的美东，美国大选都具有相同的温度，这是幽默的美国人共同严肃认真对待的事儿。

☞ **实践：**

早在 2014 年、2015 年的中国，身边的朋友圈就不断地有关于美国新一届总统大选的评论。我从来没有经历过总统大选，没看过，也没参与过，当时心里的想法很简单，就是想去参与一次美国人民都为之关注的大选事件。作为一名媒体人，这也让身边其他的媒体朋友羡慕和好奇，在这种好奇心还有些虚荣心驱使之下，又带着想要去直播玩创新的心态，跑到美国，直奔大选。有太多的情景曾经让我惊讶！哪里是这短短几段文字能讲完的呢？

5

不管你信不信，纽约有时可以比中国更中国

  太平洋彼岸，故土乃是千里之外，万里晴空之下我常常仰望天空想起电影 *Gone with the wind* 中，斯嘉丽的父亲对小斯嘉丽说过的一句话："世界上唯有土地与明天同在。"在陌生的土地之上如何会有故乡的模样呢？

  去美国前我万万没有想到，美国竟然有让我错觉以为是在中国的地方。在美国为什么能见到比中国更"中国"的景象呢？这让我十分不解。后来在纽约我还来到了"韩国街""小意大利""墨西哥城"等等，正是这些地道的"本土特色"成就了纽约的包容性和多元化，使其成为其他任何地方都无法取代的"世界魔都"。

  "China Town"在日常英语中，代表中国城的意思。"唐人街"是老式的广东人说法。在美国各地，甚至世界各地都有。在美国首都华盛顿，有全美国中国城内最大的牌坊，唐人街蕴含了中国祥和鼎盛繁荣的气氛，又代表了中国茶叶、瓷器、丝绸等各大行业的龙头；现在，中国食品是新的 China Town 的代表。

  第一次来到纽约中国城法拉盛的时候，我被眼前的情景惊呆了，从来没有想到过，在遥远的美国可以见到甚至比在中国更中国味儿的情景，我会置身于一个比中国还中国的地方。除了法拉盛，在曼哈顿还有另一个中国城，位于小意大利城的对面，一街之隔的是两个国家的

哥伦比亚大学里陈列的龙图腾中国瓷器

两种不同文化,好像在一条街道上一起玩耍的两个男孩儿,然而他们有一个共同的母亲——纽约。据说这里从前是意大利城,原本意大利人比中国人来得早,中国人来了以后陆陆续续跟来了越来越多的中国人,渐渐形成了今天的中国城,并且现在中国城的规模已经超过了小意大利城。在这里街道上的标识、广告,商家的门牌、灯箱全部都是繁体汉字,一些店面门口挂着大红灯笼,有的挂着红色或者黄色的龙的图腾饰品,琳琅满目的中国商品、中国食物应有尽有。带我来纽约中国城的是我的律师朋友 Tim,后来 Tim 协助我注册了我在纽约的第一家公司。Tim 一边给我做向导介绍中国城的情况,一边向我炫耀,"Helen,我跟你说,你如果要吃地道的中餐,不管想吃什么,比如港式茶点、川菜、湖南菜或者上海小笼包……你在中国不一定吃得到,但在这里全都可以吃得到……"朋友的表达虽然有点夸张,也不是毫无道理,多年前老一辈华人来到这里,他们曾在中国从事各种传统的技艺,他们把中国人的精湛技艺和优秀的中华文化也带到了这里。

为什么说在美国可以看到比中国更中国的风土人情呢?从以下几个方面来说吧。第一,华裔的穿着打扮特别地中国风。在很多聚会和活动中，华人非常喜爱穿着传统服装，中式旗袍礼服出现的频率非常高。我自己出国也常常备着几件旗袍，以备在重要的场合穿着。在美国华裔的心中，传统服装代表着浓浓的中国情结。第二，节日的庆祝方式仍依照中国民俗。中秋节、龙舟节、春节这些节日并不会因为是在异国他乡而被冷落，恰恰相反，在领馆，在美国的大街小巷经常可以看到浓厚的中国节日表情符号，人们仍延续传统古老的方式庆祝这些传统的节日。第三，中国天南地北的美食在这里都可以找寻到。其实在美国如果想吃到任何菜系的中餐都不难实现。记得来美国前，我问一位在美国生活多年的朋友是否需要带一些美国没有的中国特色的东西，朋友告诉我说不需要，在美国、在纽约你想吃到的中国食物都可以找到，后来证明的确如此。记得我经常去的一家法拉盛的港式茶点餐厅，凤爪、豉汁排骨、麻团，每次去都吃得很过瘾。第四，中国元素随处可见。再说街道，店面装饰，在美国的中国城，不管是法拉盛、曼哈顿还是布鲁克林的中国街

第一次在美国过端午节，人们舞龙舞狮（摄于纽约考罗纳公园）

纽约法拉盛中国城的中国食物应有尽有

区,只要是身在其中,总有一种错觉以为这里是在中国,因为四周的一切都实在是很"中国",你可以完全不懂英文,但一样可以像是在中国的某个县城里一样的亲切自在。离华尔街不远处就是曼哈顿的中国城,在这样的国际金融区内镶嵌这样繁华热闹的中国味儿的唐人街真是一种有趣的混搭味道。除了外在的形式,在美国华人社区大多注重传统华人文化的保留,对中华传统文化的尊重和沿袭,无论文字、音乐、美术以及体育等很多方面都让人有他乡即故乡的感觉。我记得有一次去法拉盛的地铁上,车厢里几乎全部都是华人,大家都在讲中文,坐在我身边的老阿姨哼唱着邓丽君的名曲,这一幕让人感觉这一路仿佛是在回家。

平生第一次观看赛龙舟,印象深刻的龙舟节,于我却是在美国。"天子乘鸟舟、龙舟浮于大沼","石濑兮浅浅,飞龙兮翩翩",自古龙舟便是因象征了平安和吉祥而备受世界华人重视。广东龙舟在端午前要从水下起出，祭过在南海神庙中的南海神后，安上龙头、龙尾，再准备竞渡。并且买一对纸制小公鸡放置在龙船上，人们认为可保佑人船平安。

周末的清晨隔窗听到鸟儿的啼鸣，阳光似乎是有表情的，也知道今天是一个值得纪念的日子。关于龙舟节和赛龙舟，第一次亲身感受竟然会是在他乡异国。在法拉盛的考罗纳公园，锣鼓声声舞龙舞狮一片欢腾，这里将连续两天举办赛龙舟的比赛和其他庆祝中国龙舟节的活动。华语电视台和电台的主持人也来到这里与观众和听众见面，我幸运地参加了美国华语电视台 2016 年龙舟节活动的现场直播。龙舟节这一天，电视台的同事们早早地就来到公园，在我们的领地安营扎寨搭建了临时工作帐篷，大家在中间布置了一个整齐的座椅方阵，四周用桌子拼接相连把场地围绕起来，音响师调试音效设备，电台的几位 DJ 美女主持人在准备抽奖环节的道具和礼品，其他人有的在为赛龙舟的环节跃跃欲试，有的在与航空公司和旅行社等赞助单位的朋友们准备抽奖的报名表格和奖品。

在美国的龙舟节给人的感觉除了要比赛划龙舟来纪念这个节日，弘扬传统的文化之外，另外还有一个多年来衍生出来的主题，就是在这一天里，华人会有很多机会参与很多公司在纽约举行的各种摸彩活动，所以这个节日渐渐地演变成了一个幸运的节日，欢乐的节日。

赛龙舟马上就要开始了，湖面上远远地已经看到了几条小船，渐渐地龙舟队开始在湖面上密集，战斗即将打响，华语电视台每年也会组建自己的参赛团队去参赛。船头和船尾各坐一个人，船上坐二十个人，一排并肩坐两人，船头的人要带领大家呐喊，加油鼓劲，要表现得有力量，有节奏，船尾的人一般是团队里具有领导力的人，在身后为大家坐镇，稳住军心。龙舟比赛开始的枪声响起，平静的湖面上传来阵阵呼喊声，锣鼓声、号角声此起彼伏，这个声音就很像小时候的学校里面的运动会，只是运动员的跑道是水面，船桨代替了跑鞋。划龙舟除了力

Hold 住：中国女孩 183 天美国行

中国城里龙图腾的玩具

量更重要的是团队的团结协作，劲儿往一处使，桨往一处划。我没有下水去划龙舟，而是在观众的人群中在向大家介绍由所有主持人签名的DIY T恤衫。主持人站成一条长队，分别向大家自我介绍，介绍自己主持的节目，很多朋友听了主持人对电视台的介绍后购买了我们DIY的T恤衫，拉着我和同事一起合影。在这个节日里我也第一次感受到了一种不一样的喜悦，就是身为一个媒体人从镜头中走出来，和观众朋友见面一起庆祝节日的感觉，这种感觉使人无比幸福。

在美国庆祝龙舟节让我有一种蘸着色拉酱吃水饺的感觉，有传统的感情，有创新的味道，也有激动和惊喜，这也让我对在美国度过其他中国传统佳节充满期待。值得一提的是，美国人民在龙舟节的各种活动中参与度也极高，龙舟节在美国不仅仅是一个中国传统的纪念日，更让更多的世界友人了解龙的传说……

☞ **实践：**

在出国前，我曾经想到过即便在海外应该也会有我们中国人非常多的地方，但是等到我真的来到美国的中国城的时候，还是被眼前的一幕惊呆了。我觉得任何一个在海外曾经生活过的人，无论是久居海外的老华侨，还是偶尔到国外旅游的华人，都应该感谢有这样的一个地方。如果没有这样的一个地方，我们在海外的安全感，内心踏实的感觉可能会降低许多。在这样的一个不是很广阔的去处，积聚了多少人的心酸、眼泪、分离和勇气。不管在美国还是在中国，作为一个华人，我们应该祝福中国城也感谢中国城，谢谢这儿让我能吃到家乡的口味，可以讲家乡话，这一去处的存在对于我们每一个中国人是多么特别。在全世界的许多国家可能都有这样的一个China Town，我希望那里的人们和我们一样都能幸福快乐地生活着。

6

闻所未闻的恐怖片随时就在眼前上演

十多年前的一个午后,我正在老师家中课外补习,突然听到一个发生在美国的恐怖袭击新闻,虽然事件已经过去很多年,但依然记忆犹新。那一天是2001年9月11日。多年后晴朗的一天,我就站在那起震惊世界的恐怖袭击事件的事发地点。

四方形的瀑布,巨大的流水声的轰鸣遮蔽了城市的喧嚣,轻薄的水帘竭力想将恐怖的记忆与宁静现实隔离开来。我用手指轻轻抚摸着刻在水池边黑色大理石上的名字,心里默默祈求宁和……一棵幸存的梨树与其他224棵树环绕瀑布池,绿色枝叶拼命延展伸向无尽的浩瀚天空。

2001年9月11日,8点46分40秒,美国航空公司第11次航班以大约每小时490英里的速度撞向世界贸易中心一号楼,导致机上所有人员及楼内未知数量人员立即死亡。9点3分11秒,美国联合航空公司第175次航班撞向世界贸易中心二号楼(亦称"南塔"),导致所有机上人员以及塔内未知数量的人员均立即死亡。9点37分46秒,美国联合航空公司第77次航班以高达530英里的时速坠毁在美国国防部五角大楼,导致机上所有人员及楼内大量军官死亡。

"9·11"事件之后,不仅美国的盟友对美国表示了同情和支持,而且非盟友国家也表示支持美国打击恐怖主义。美国加强了与其盟国的合作,而且也加强了与俄罗斯和中国的合作。联合国安理会5个常任理事

6 闻所未闻的恐怖片随时就在眼前上演

纽约时代广场人山人海

国以及德国、日本等一些地区大国间的高层互访和会晤增多，电话热线通话变得频繁。

十多年间"9·11"事件纪念馆缓慢建成，建筑的初衷被确定为尊重这一损失惨重的地方，尊重所有在灾难中活下来的人，尊重所有冒着生命危险拯救他人的人，尊重所有在最黑暗时刻给予支持的人。尽管时过境迁，在世界人民心底，在美国人民心中，"9·11"远没有过去。而我从未像此刻这般明白和平的意义。

2016年，在纽约我亲身经历了一次发生在曼哈顿中城的爆炸事件，爆炸发生时我正在事发地点附近。多年前美国的"9·11"事件震惊世界，是人类的一场灾难，然而当我身处恐怖事件之中时，对人生、对生命、对和平都有了从未有过的感触。

那一天夜里，当我和一位来自佛罗里达的地产开发商朋友 Ann 在曼哈顿 18 街的活动结束后，我们从酒店屋顶花园酒吧的欢乐气氛中离开乘坐朋友的车子在曼哈顿城里缓慢行驶准备回家，这时整个市中心已经封路而造成大量的车辆在街头拥堵，夜空里笼罩着霓虹色的空气使人

2016年9月18日，纽约中城发生恐怖爆炸事件

窒息。每当回想起那一夜的情景，心脏瞬间还是会蜷缩成一团，不知道意外和明天哪一个先来。几分钟前我和姐妹们在曼哈顿时尚的屋顶花园酒吧摇晃着鸡尾酒，在来自不同国家的帅哥靓女中间快乐得像一条游走的鱼，几分钟后，我静止在拥堵的马路上蜷缩在车子的副驾驶座位上，空气也在此刻干燥凝固。我的手机被国内朋友们紧张关切的电话和短信挤爆了，当我还没有得知爆炸消息的时候，我们的车竟然就在恐怖爆炸的地点周边驶过！当时我还很不明白为什么路边停了这么多辆红得刺眼的警车和消防车，转过一个街口我明白了一切！瞬间我的喉咙梗塞，心脏蜷缩，后来在我们的车子离开的短暂时间里又发生了第二次爆炸。

刚到纽约几天的时候我碰到过一次非洲裔游行示威，事件就发生在哥伦比亚大学附近。当时我正在回家的路上，迎面而来的情景让我惊呆了，远远的，就听见人们此起彼伏的呐喊声音，而且是彼此非常默契的有节奏地喊着口号。当时我的心情很复杂，一是很担心这支游行队伍会不会做出一些过激的行为。我站在原地不敢向前走也不知道该往哪里躲。而人群正在迎面走向我越来越近，好奇心让我没有离开，媒体人的

2016年,纽约发生恐怖袭击事件,全体乘客被迫紧急下车(摄于纽约地铁)

职业病让我拿出了手机拍下了一段游行队伍呼喊着从我身边经过的视频。示威游行的人群大概有几百人,几乎全部都是非洲裔,我想起这两天播报的一宗美国某城市一个非洲裔居民被警察袭击的事件。游行的人有的背着双肩包,有的手举着写着口号的纸壳牌,有的一边喊话一边喝着矿泉水,神情中有不满也有疲惫,在我身边经过的时候,他们仍然保持着原有的队形和口号节奏,一边呼喊一边向前继续走。路边有一些和我一样的行人也停下来看着游行队伍。有的行人配合着游行的人群拍掌打着拍子。天色已晚,在曼哈顿上城的哥伦比亚大学附近,黑色队伍的身影消失在黑色里,呐喊声划破寂静的夜空。

而后在美国的日子里,我又遇到过几次这样的游行,这时的我已没有了第一次的恐惧,而是会站在一边关注人们是要表达内心怎样的愤慨和情绪。在华尔街街角的一次,让我印象深刻。一天上午去电视台的路上,碰到华尔街街角纽交所对面一位白人男子站在人群中气宇轩昂用扩音喇叭高声演讲,男子的西装裁剪高档,身材笔挺,棕色的鬈发梳理得整齐,浓密的眉毛下闪亮的眸子,他一只手握着扩音喇叭,一边大声地演讲一边转动身体,保证来自四面八方的人都可以看到听到,这个声音似乎是从遥远的地方传来并不陌生……

马丁·路德金《我有一个梦想》仿佛犹在耳畔,这样的演讲在路边,在地铁,在广场,我都常常碰到,我经常想美国民族是一个无论何时何地都勇于用心声呐喊的民族。世界和平、人人平等是我们心中永恒的歌。

朋友们，今天我对你们说，在此时此刻，我们虽然遭受种种困难和挫折，我仍然有一个梦想，这个梦想深深扎根于美国的梦想之中。

我梦想有一天，这个国家会站立起来，真正实现其信条的真谛："我们认为真理是不言而喻，人人生而平等。"

我梦想有一天，在佐治亚的红山上，昔日奴隶的儿子将能够和昔日奴隶主的儿子坐在一起，共叙兄弟情谊。

我梦想有一天，甚至连密西西比州这个正义匿迹，压迫成风，如同沙漠般的地方，也将变成自由和正义的绿洲。

我梦想有一天，我的四个孩子将在一个不是以他们的肤色，而是以

纽约上城的一家比萨店，警察们正在买比萨

他们的品格优劣来评价他们的国度里生活。

今天，我有一个梦想。我梦想有一天，亚拉巴马州能够有所转变，尽管该州州长现在仍然满口异议，反对联邦法令，但有朝一日，那里的非洲裔男孩和女孩将能与白人男孩和女孩情同骨肉，携手并进。

今天，我有一个梦想。

我梦想有一天，幽谷上升，高山下降；坎坷曲折之路成坦途，圣光遍洒，满照人间。

这就是我们的希望。我怀着这种信念回到南方。有了这个信念，我们将能从绝望之岭劈出一块希望之石。有了这个信念，我们将能把这个国家刺耳的争吵声，改变成为一支洋溢手足之情的优美交响曲。

有了这个信念，我们将能一起工作，一起祈祷，一起斗争，一起坐牢，一起维护自由；因为我们知道，终有一天，我们是会自由的。

在自由到来的那一天，上帝的所有儿女将以新的含义高唱这支歌："我的祖国，美丽的自由之乡，我为您歌唱。您是父辈逝去的地方，您是最初移民的骄傲，让自由之声响彻每个山冈。"

如果美国要成为一个伟大的国家，这个梦想必须实现！

让自由之声从新罕布什尔州巍峨的崇山峻岭响起来！

让自由之声从纽约州的崇山峻岭响起来！

让自由之声从宾夕法尼亚州的阿勒格尼山响起来！

让自由之声从科罗拉多州冰雪覆盖的落基山响起来！

让自由之声从加利福尼亚州蜿蜒的群峰响起来！

不仅如此，还要让自由之声从佐治亚州的石岭响起来！

让自由之声从田纳西州的瞭望山响起来！

让自由之声从密西西比的每一座丘陵响起来！

让自由之声从每一片山坡响起来！

当我们让自由之声响起，让自由之声从每一个大小村庄、每一个州和每一个城市响起来时，我们将能够加速这一天的到来。那时，上帝的所有儿女，非洲裔和白人，犹太教徒和非犹太教徒，耶稣教徒和天主教徒，都将手携手，合唱一首古老的非洲裔灵歌："自由啦！自由啦！感谢全能上帝，我们终于自由啦！"

☞ **实践：**

如果从新闻炒作的角度，我想亲眼看见那些耸人听闻、让人震惊的事情，但是当这样的事件真的在我们自己身边发生的时候，内心的想法竟完全变了。我一直以为什么"世界和平""民主文明"都是在新闻里听听看看，是从别人的口中听到的好像个口号一样的东西，然而在美国经历恐怖爆炸事件之后，我的内心如此地渴望、祝福、期盼再也不要有恐怖事件发生在任何国家、任何人身上，希望在这个世界上的任何一家电视台都没有相关此类事件的新闻报道。如此的生命哀痛，是任何一个人、任何一个家庭都无法承受的。

7

新生报到络绎不绝，同学们为什么要来美利坚

三年前，会计学教授格雷戈里·戴维斯登上伊利诺伊大学厄巴纳－尚佩恩分校讲台的第一天，当他打开花名册时，被班上中国学生的人数惊呆了。据美国有线电视新闻网网站的一篇报道，戴维斯回忆说："天哪！我该怎么读这些姓名？"戴维斯此前在美国东海岸任教，他原以为在这个被大豆和玉米地包围的中西部小城的校园里，美国学生会占多数。他说，今年他的毕业班里至少80%是中国人。根据2016年7月7日的数据，在美国学校注册的持有F（学术学生）或M（职业学习学生）签证的国际学生共有111万人，比2015年7月增长了5.5%。这些国际学生中有77%来自亚洲，7%来自欧洲，6%来自北美洲，5%来自南美洲，4%来自非洲，0.5%来自太平洋岛国，来自中国的约为33万人，占到所有在美国际学生总数的30%左右。中国毫无悬念蝉联国际学生来源国的第一名。与总体增长率5.5%相比，亚洲留学生人数增长了6.6%；而中国留学生增长更快，达到7.2%。

究竟是什么原因让美国如此吸引中国的家长和学生呢？中国留学生在美国的生活到底是怎么样？留学生活让这些来美学习的中国学生价值观、世界观发生了哪些变化？

谈到美国的教育，人们总会说美国的教育体系十分发达，美国有全世界一流的大学，"常青藤"让多少中华学子心生向往。众所周知，

哈佛大学里学生们正在上户外课

孩子们在大都会博物馆听艺术课

美国的教育重视培养学生的创新能力和独立精神，然而在这些方面美国高校又是怎么做到的呢？

在教育的过程中，在美国也有很多我们很可能无法想象的不能理解的怪事儿。在中国我们说"你有病""你真有病"这些话等于在骂人。但在美国，人们通常会把很多行为细分为心理或者心态不够健康的表现，并不是歧视而是更直接地去调整和面对，这样的态度和方法反而让人的心态更加健全和健康，隐藏和回避只会让我们的心灵长期处于病态。有一个很古怪的故事，一个初到美国的中国留学生在学校里也许是因为语言的障碍不和周围的同学们在一起，十分孤僻。这种情况其实在我们的生活里也不稀奇，但不会格外地特别在意，我们可能会觉得小孩子有一点不适应新环境而已，更不会以心理疾病来严肃对待。但这位同学在美国的学校里，引起了校方的特别注

白宫外遇到的美国少年

意,学校专门为这位学生请了心理医生帮其辅导,班上的孩子也被要求多和这位同学一起活动。

我后来了解到美国心理方面的疾病划分比较细,在电影《欲望都市》中四位女主角都有过看心理医生的经历,这是生活中一个自我修复状态、修复自己与自己内心关系的途径,但在中国我们对这些情况还是不能够以平和的心态来对待,我们不会在遇到不愉快和不顺畅事情的时候坦然去寻找心理医生求助,如果有也不会公开来谈论这件事。我们不愿意去承认我们有病,到底是面子重要还是里子重要?教育到底是先成才还是先成人?

美国人的一天里可能要说很多个"对不起",在地铁上人和人靠得过近,在商店里排队等候,或者在一次交谈中不小心被打断,任何细节对方都会考虑到每一个人的私人空间,或者细节的举止,或者仅仅是礼貌的客套,很多时候会说"Sorry"。当然当美国人之间真的出现对不住对方的时候,就不再只是礼节性的文明用语,而是对方会真诚地看着你

哥伦比亚大学各学生社团新学期招新成员活动

的眼睛，真诚地发自内心地向你道歉，很少找借口敷衍逃避，或者用其他的方式推卸责任，真诚地承认自己的过失是另一种方式的诚信。一部很火的美剧《欲望都市》中一个女主角在心情不好的时候对朋友说了过激的话，两人不欢而散，第二天一早这个女主角带着鲜花登门道歉，有些情绪还是需要直接表达，有些过失更需要简单真诚面对。有人说美国开放大胆，但我觉得不够准确，无知的大胆是傻大胆，能够真诚直接表达的勇气才是真大胆，能够敢于担当责任的勇气才是真大胆。中国人有着矜持一辈子不曾说出口的"我爱你"，而美国人每天都在说"I love you"。我们面对自己的瑕疵羞于启齿说"对不起"，似乎我们缺乏承担责任反省自己的勇气。而美国人会在第一时间看着对方的眼睛说"I am sorry. I am so sorry"。或许这就是文化的差异吧。

一位复旦校友已经在美国生活了近二十年，孩子也是在美国出生在美国就读，谈起美国的教育他非常得意地对我讲，"当然很棒！"他的女儿从小喜欢机械组装，小学就进入机器人兴趣班学习，后来读中学也继续在机器人兴趣班学习,从小到大随着女儿的学业逐渐升级,业余爱好也在兴趣班的动手操作中得到了巨大进步。不但如此,兴趣班也是朋友女儿的一个交友活动场所,和很多有共同兴趣爱好的小伙伴在一起组织各种活动,一路成长共同进步。

在美国我认识了这样的一个家庭,他们来到美国的时间并不是很长,只有两年多,父母之前在中国是在五百强企业工作,孩子比父母要早一年来到美国读高中。在儿子读到高中毕业即将升读大学的时候,他没有继续上学,而是办理了休学。这在中国简直不可思议,高中三年正是千军万马过独木桥争分夺秒备战高考的时候,但在美国,中学毕业选择暂停学业的学生却有很多。通常在这段时间里,学生会去参加很多的社会实践或者去某个企业实习,去体验自己到底对哪个行业和工种感兴趣。经过这一阶段的社会实践和体验,认真体会和思考之后,自己再做

走进校园,快乐起舞

出人生中的重要选择申请哪一所大学的哪一门专业。在我看来，这个实践过程真的是太棒了！人生是没有回头路的，付出的时间就无法收回，一旦选错了学校或者专业对一孩子来说很可能是终生的遗憾，很可能改变一个人的一生。

初到纽约的时候，在与一个哥伦比亚大学的研究生朋友吃晚餐时得知他的课程里有一门建筑史课，我非常感兴趣，就问他是否可以带我一起去听这门课。通过朋友的热心帮忙，我有幸作为旁听生在哥伦比亚大学旁听了一堂建筑史课。然而这堂课和我预想的完全不同，我以为我们会坐在阶梯教室里，老师在教室前面用幻灯片介绍世界各地的建筑和历史，通过看照片讲述故事。实际课程完全不是我想象的那样，老师带着我们走上街头，来到山下，跑到海边，一天里不同特色的建筑要么在正午的阳光里被刻入脑海，要么在熙来攘往的街头舒展开它的故事，又或是在徐徐海风中揭开了神秘面纱，这样的建筑史课让人怎么会不喜欢不印象深刻呢？

在纽约我的精力极其旺盛，整个人好像被打了鸡血，创新和进取心非常强烈。不论是外在的客观环境中不同文化的冲击和刺激，还是周围人们的优秀和拼搏状态，都会带给我很大的触动，让我有比拼的劲头，想要学习更多和分享更多，也因为自己此行投入很大，不能浪费光阴，否则对不起自己的时间和付出。不仅是在学习和工作中有这样的状态，在日常的生活里因为大家的状态也都是比较独立，因此遇到问题也首先是想着自己独立解决，会觉得依靠他人，或者不劳而获是非常地可耻。

有一次，同美国华人医生协会会长王医生一家人午餐后，我们大伙儿一起来到王医生位于法拉盛的医疗诊所，孩子们准备先回家去了，临走时孩子们上来依依不舍地拥抱王医生告别，这一幕我现在想来仍然为之温暖和感动。在中国的家庭中，即便是远行分别，亲人之间也忍着泪水不善于去表达亲热和情感，但在美国只是下午先分开一小会儿，孩子们还是会和父亲抱抱亲亲说再见！任何一个人人生中的第一所学校都是原生家庭，第一堂课应当是"爱"。如果说美国有世界上最好的大学，我觉得还不止于此，美国有最简单和勇敢的表达爱的环境和习惯，这一点也是我们应该学习的。美国的确有世界上最棒的学校，而这所学校或许就是美国本身。

☞ **实践：**

　　现如今中国的家长送孩子到国外留学已经不是什么新鲜事儿，在我自己的朋友圈中几乎朋友的孩子有半数会被送到海外留学或者有过类似的经历。事实是一些西方国家在教育的领域里确有一定的先进之处值得我们学习，在培养孩子的独立思考能力、动手能力、独立人格等很多方面有一套自己的理念。这件事让我目前想到了两个问题，第一，目前的现实就是越来越多的中国学生前往美国等一些西方发达国家留学，出国学习的学生数量还在逐年大幅增加，出国留学的学生也逐渐低龄化，那么有多少学生真的会学成归国投入祖国的建设？第二，对于普通的百姓家庭来说，送一个学生出国留学并不是一件轻松的事儿，对于普通的家庭或者农村家庭，如果真的要供一个大学生并且是要出国留学恐怕是要砸锅卖铁用尽全家人的心血也未必能够实现，那么这样家庭的孩子到底能不能得到良好的教育呢？倘若国际化的教育优势明显，那么更多的中国家庭的孩子如何在现有的环境里提升自己呢？谈到中西方的差异，教育一直是一个重要话题。中国文化有我们自己的精髓，又该如何去发扬光大呢？在近些年的教育实践中，国学文化也在日益得到重视。新时代下国家倡导复兴民族文化，振兴祖国的文化产业。新时代里如何将传统文化古为今用，摒弃糟粕而大胆创新？每一年的留学潮给我们太多的启示和思考！

8

一堵墙加一条街并不总是诞生奇迹

1792年《梧桐树协议》的签订让一条仅有500米长的小街从此在世界经济的舞台上开启了它举足轻重的篇章，一面篱笆墙、一条小街却伴随了美国300年的历史变迁。三一教堂仿佛一位饱经沧桑的士兵守护着静静流淌的东河，当年印第安人和荷兰人交易的场景在历史的长河里宛若昨夕。几百年来人类的自私与贪婪，创新与勤奋都在这条不足500米长的石子小街上生生不息地上演故事。在世界经济一体化的今天，华尔街已经跨越了国界，扩展到全球的各个角落。不仅包括每天在华尔街上忙忙碌碌的几十万人，也包括远在佛罗里达的基金经理、加州硅谷的风险投资家或美国投资银行、伦敦的交易员……作为美国金融服务业的总称，华尔街代表了一个自成体系的金融帝国。

纽约时间2016年12月24日下午3点50分，我从地铁E线Wall Street站走出来，在穿过百老汇剧院街口的瞬间，我匆忙地望了一眼百老汇剧院街口的天空，夹在百老汇剧院中间一片湛蓝的天清澈得像孩子的眼睛。马路边上的建筑是纽约这座城市固有的灰色，匆忙之间我只觉得那是两条由窄渐宽的灰色带子。马路中央不知道具体是什么位置，冒着浓浓的白色蒸汽。每次在纽约的大街上看见这股升腾的热气，都会让我想起《欲望都市》中的场景，女作家穿着一条白色连身碎花短裙，膝上是褶皱和碎花，抹胸斜肩的领口，右肩上是一个大大的夸张的花朵，

| 8 一堵墙加一条街并不总是诞生奇迹

在摩根·士丹利与 Grace King、Anthony Catalans 合影

拜访戴德梁行公司并与小洛克菲勒先生等合影

在电视台实习的时候，清晨路上总要穿过百老汇大道遇见华尔街

女作家拐过街角，迎面几个年轻女孩擦肩而过，回头冲她喊"这裙子很赞！"我转过神儿，钢铁支架搭建的规矩的四方形框架里镶嵌的便是华尔街！

早晨，我一只手提着高跟鞋，一只手提着包和早餐，从地铁站里冒出来然后穿过拥挤的人群，飞奔穿过这条街道，再经过纽交所的大门，和门口的胖子警察大叔抛媚眼儿挥手说"Hi"。街口常有中国游客要我帮他们拍照，我把前一天中餐馆里打包的包子分给路边的流浪汉，中午电视台新闻直播结束后，我溜出来在大街上散步和自己说话儿，傍晚坐在街边的红色铁丝椅子上安静地整理这一天的新闻稿，偶尔抬起头望着华尔街上匆忙赶路的西装革履的时尚人群，脚边停着那些丝毫不受惊扰的懒懒肥肥的鸽子，在这条街上空飘荡着的红蓝旗子，从街口走过来约好一起晚餐的小伙伴，清晨笼罩着街区的明媚阳光，那些潮水一般涌动的永不止息的人……无数个发生在华尔街的镜头在我的脑海里闪过……

如果是旅行，到美国应该也会来到华尔街，站在纽交所前面仿佛可以感受到百年来世界资本市场的风云变幻，沿着亚历山大·汉密尔顿所指的方向在华尔街人头攒动的街头走一走，伸手链接世界第一大国的金融脉搏，迈开腿，脚下斑驳不平的小石子儿路和已经光滑的石板马路仿佛诉说着一路艰辛但永不止步。华尔街铜牛，触碰一下似乎都可以给人无限的欣喜和能量。在全世界人们心里，华尔街早已声名远扬意义非凡，似乎只要在这条街上，遍地是黄金处处是奇迹。来到华尔街的欣喜也源自人们对财富的渴望，近些年越来越多的中国考察团来到华尔街考察学习，交流互动，与华尔街的一些公司企业建立联系和合作，这不仅是华尔街的魅力，也是中国在世界的发声。

2016 年全球投资大会在纽约华尔道夫酒店举行，来自中国的几位创业者有的是第一次来美国。一位 70 后创业者第一次到美国，很兴奋，可是第二天就要回国，朋友和我说非常想看看纽约的自由女神像。我马上打电话给在纽约的一位东北老乡 Hummer，问现在夜里的时间怎样可以去看到自由女神像。Hummer 在美国时间不是很长，但异常勤奋，是华尔街投行公司中很受欢迎的 80 后华裔。尽管咨询了"专家"意见，最

第一天到美国电视台实习（摄于华尔街）

彭博办公区展示窗里的计算机

后因为时间太晚坐船往返会十分疲劳，我们还是放弃了夜游自由女神像的计划。为了不想让朋友失望，我突发奇想决定带这位朋友去华尔街走一走。在我看来华尔街的意义一点不比自由女神像逊色，朋友也十分激动和兴奋，在朋友眼中我就是生活在纽约的"纽约客"，尽管对这座城市我仍然感到陌生。我记得那天我们从靠近华尔街的路口下车，一路散步走过去，华尔街在深夜两点告别了白天的熙来攘往，夜色让这条小路显得异常冷清。我们经过川普大楼，走到华尔街街口，正对着纽交所，朋友十分兴奋，而我自己也是第一次如此静心仔细地端详这条小街，忽然发现在脚下竟刻有一个时间印记1653—1669……然而时间却从未凝固，华尔街上的人们从未停止创新和奋斗的脚步。沿着华尔街向东沙的方向走，大概十分钟就可以走到华尔街铜牛的位置，我们在路边停下来，看着这头光亮雄壮的铜牛站在夜幕下的矫健身姿，我帮朋友在铜牛前拍照留念，内心期许我们共勉！

2019年巴菲特股东大会

2019年巴菲特股东大会,作者现场采访世界各地投资人

☞ **实践:**

如果时间倒退十年我不会想到在自己的人生旅程里有一段时间会在美国华尔街狂奔。出国前在中国的房地产开发工作经历让我越发关注金融类资讯,也萌生了对华尔街的向往。如果说起初在美国想参观哈佛大学、华尔街这些地点的心态是因为传说的盛名而让自己心生了一种向往,一种朝圣,甚至感觉只要身在其中,就会被镀了金一样的虚荣;那么,当自己真正深入实践去体会、感知和了解之后,内心才真正会升起了一种勤勉的力量。在对华尔街金融行业企业拜访的过程中,我感受到了这里的人有一种拼死般的精神,敬业的态度,以及那种坚定的魅力和自信。不少中国留学人员学成后留在美国华尔街工作,在他们的身上也熏染了华尔街人的那股子劲儿。华尔街作为全世界的金融行业金字塔顶的象征,名副其实。虽然这里也汇集了金钱的肮脏,尽显了人性的丑陋,但人们在一个行业内的勤奋与敬业精神值得发扬。这让我想到了现在的人都非常聪明,现代网络科技让信息来源之易之广,凡事蜻蜓点水的多,深挖研究的少。在中华腾飞的新时代里,我们需要弘扬华尔街这种打鸡血、拼老命、钻进去的专业精神与创新精神。

9

把全世界装进纽约地铁都不会觉得拥挤

从来没有一个地方能像纽约地铁这样令摄影师着迷，也从来没有一个地方能像纽约地铁这样让人感动。如果说有个地方在那里每天上演着来自世界各地人们的冷暖故事，这个地方就是纽约地铁。纽约地铁拥有百年历史，伴随着美国历史的发展与变迁，地铁四通八达贯穿整座城市，人们的生活离不开地铁，而纽约地铁成了另一个承载万千不同的热闹的"联合国"。

照理说这个老旧甚至脏乱的地方不应该给人留下什么好印象，然而在我心里却有着道不完的发生在纽约地铁里的冷暖故事。在这个貌似百岁老人的锈迹斑驳的交错轨道上，传送的是这个城市的活力与能量！

纽约地铁尽管十分老旧，但依然是每天 24 小时营运，便捷整个城市里人们的日常生活。没有任何一个地方可以像纽约地铁里这样见到如此丰富的国际文化，也没有任何一个城市的地铁会有这么多稀奇古怪的乱象，而大家却又都见怪不怪，十分欢乐和享受。一个人如果一天什么事儿都不做，就是乘坐纽约地铁，这一天也会满满收获。你可能遇见一群头发爆卷正在长牙齿的小学生，她们一边玩耍嬉笑一边害羞好奇地看着你，她们头顶扎着许多小辫子，每一根紧紧地编扎好，有的头上戴满了各种发夹，像一个爆炸的棉花糖；你或许遇见了一位华裔老奶奶，她盯着手机戴着耳塞微笑着跟唱着邓丽君的歌曲，讲起她来到美国几

9 把全世界装进纽约地铁都不会觉得拥挤

与地铁里卖艺唱歌的女孩儿

纽约地铁里悉心照料着自己"孩子"的男子

十年里的故事；你可能遇到一群热爱机械舞的天才少年在车厢里跟头把式的集体激情表演；你可能遇见一个来自其他国家的家庭，母亲带着孩子们，临走时他们和你拥抱、亲吻告别；不同颜色的头发、不同颜色的皮肤、不同季节的装扮、不同风格的时尚，来自不同的民族，有着不同的背景，在纽约经历了不同的故事，怀揣着不同的梦想……他们都是纽约地铁里的"纽约客"。

纽约地铁上常见到艺人，却没有遇到向人乞讨的乞丐。一位失业的母亲为了养育刚出生的孩子在地铁上讲述自己的故事求助，她总会给车厢里每个人发一包面巾纸来做交换，但从不会直接伸手要钱。在纽约地铁站里可以经常享受到来自世界各地的街头艺术，乐队、舞蹈、杂技，以及各种鬼把戏！不管是在地铁车厢里翻着跟头的非洲裔小伙儿，还是在站台上抱着吉他缓缓歌唱的戴着鸭舌帽儿的女孩，又或者在时代广场地铁站合奏的小提琴乐队，哪怕是坐在地上用木棒敲打两个废旧塑料桶的非洲裔大叔，他们都在展示他们的绝活儿。这种即兴表演除了在地铁里，在纽约街头也从不稀奇。除了高手在民间的艺术之外，纽约地铁是一个互相帮助的地方。在一次交通高峰时段，我被挤在车厢门口，看不到地铁线路图，很担心坐过站。看到我焦急紧张的状况，后来几乎整个车厢的人都开始帮我查找路线，下车前还有个白人大叔提醒我要准备下车了，完全陌生的车厢里却是满满的热心和友善。

　　轨道交通是纽约的重要组成部分，纽约是美国的几个巨型体量城市中唯一一个可以不开车却也四通八达的城市，轨道交通遍布整个城市每一个角落，包括新泽西、长岛都可以很方便到达。人们白天在曼哈顿工作，晚上乘坐地铁或者小火车回到曼哈顿之外世外桃源的家中，这样的生活方式非常普遍。在去美国前，就和朋友聊过在美国的出行问题，朋友告诉过我说完全不用担心，在纽约你可以不开车，纽约再大的 Boss

神秘的纽约老火车站

9 把全世界装进纽约地铁都不会觉得拥挤

非洲裔小伙儿在激情表演 （摄于纽约街头）

也坐地铁。到纽约后我发现果然如此。而且还有意外的收获和惊喜，乘坐纽约地铁的经历几乎日日更新，每天在地铁上的往返都是一次有趣的旅行。有时候漫长的慢车线路里，我会发呆出神，一幕幕在国内和国外的情景静静地在脑海里生成黑白胶片。有时候在地铁上会遇到很有意思的事情，一群放学路上的红色、金色、白色，直发、鬈发、小辫子，黑眼睛、蓝眼睛、黄眼睛，不同样子的小学生，他们坐在我的对面，坐成一排，牙齿不够整齐互相嬉戏打闹；有时候在等车的时候正巧遇到艺人在地铁里表演，一段小提琴演奏，一首抒情歌曲，一段架子鼓，或者一段机械舞，总之瞬间，劳累一天的神经神奇般地放松和愉悦了。有时候我会在快要到达目的地前改变主意，在某一个站点下车。有一次，在纽约的老火车站，那个暖黄色的巨大的室内广场，一个来自墨西哥的大男孩带我走到火车站神秘的阁楼上，俯瞰整个橘黄色的广场。我们悄悄地偷听了老火车站墙壁里的秘密，站在中央火车站的屋顶，隔着黑色的铁丝窗俯瞰金色的人群，那一幕让我想到了《巴黎圣母院》，而这个黑黑壮壮的墨西哥大男孩就是我的卡西莫多。有一次在这个异国他乡的地铁上，我竟然遇到了"老熟人"，一个半工半读的美国小伙儿，上一次在地铁上他很热情地打招呼，我们算是朋友了，而后面一次纯属偶遇，大家可能经常乘坐同一条地铁路线。他很惊讶地走到我面前打招呼，很开心地和"老朋友"说"Hi"。

地铁不仅是纽约的交通工具，也是一个展示艺术、展示自我，甚至是抒发政治建议的阵地。记得在 2016 年美国总统大选最激烈刺激的一个阶段，纽约发起了在地铁站里的墙壁上张贴小纸条表达民声的活动。

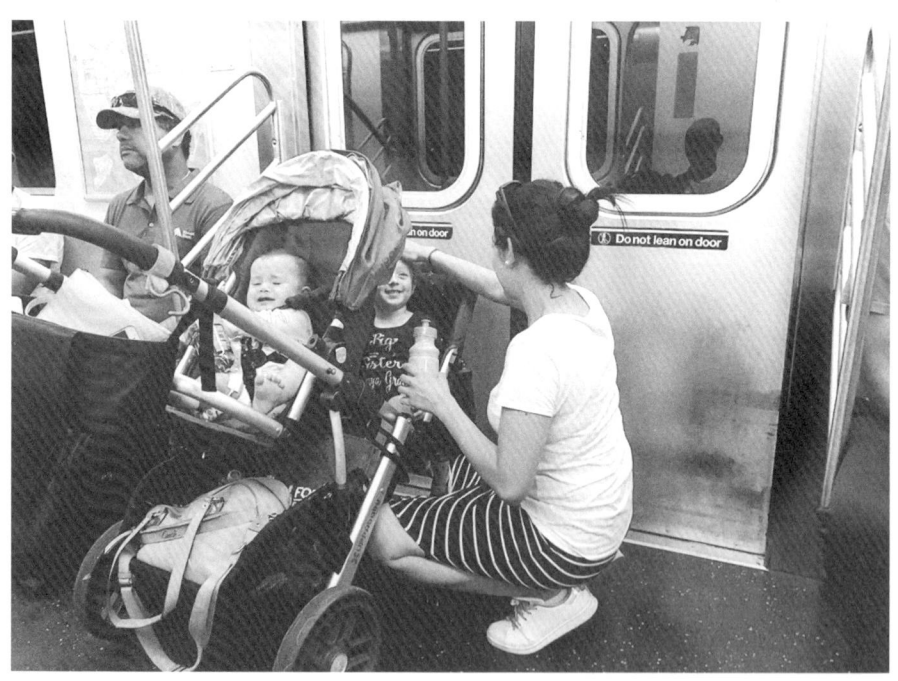

那一幕让我的心一直难忘和感动：地铁里的一位母亲，两个孩子，哪一个得到母亲的爱抚就开心地笑，另一个就哭。生命没有国界的分别，母爱没有国界的分别（拍摄于 2016 年夏天）

9 把全世界装进纽约地铁都不会觉得拥挤

地铁站里的艺术家

发动活动的地铁站的墙壁上成了彩虹一般的天地，各种不同颜色的便笺纸雪花一般在墙壁上飘动，经过的人们有的给留言墙拍照，有的拿出笔写下自己的想法。

纽约的地铁虽然老旧，但工作能力却超级彪悍，多少人白天里的奋斗和夜晚的温馨都靠纽约的地铁连接。曼哈顿城回长岛或者新泽西近一个小时的车程是一个短暂的旅程，记得一次从时代广场去新泽西，一路上的风景颇似童年的故乡，广袤的土地，低低的夕阳，风轻轻吹动青草。在纽约的地铁站里还有各种体验店、花店、地下美食广场、服装店，甚至蔬菜和肉类批发市场等，开放式而别具一格的设计让地铁站里的地下商业别有洞天。

纽约地铁由于使用年限已久，这位"百岁老人"也时常闹点小孩子脾气，经常会晚点或者中途出现故障，人们也都习惯了纽约地铁的撒娇方式，地铁停在中途的时候车厢里几乎也是安静地有祈祷没有抱怨。在纽约地铁上我曾经碰到一次惊悚的事件，事件具体的起因在当时紧张的气氛中也并不清楚，但是全部乘客被强制要求下车离站。地铁站里硝烟弥漫，大量的警察警犬出动站立在地铁站台上，让人顿时感觉到恐惧和紧张。我记得那天在站台上只留下两个女孩儿，两个女孩儿互相拥抱在一起哭泣，警察在女孩儿边上默默站着，我从他们身边经过，递给女孩子一包面巾纸，警察大哥传递给我一个很无奈的表情，然后示意我离开。

在纽约地铁里我曾经几次偶遇来自其他国家的在美国旅行的家庭，印象很深的有两个韩国家庭，没有父亲只是两个母亲带着她们的孩子。她们一路上向我问路，后来我们攀谈起来。在时代广场换乘大家将要分开的时候，我们紧紧拥抱，看着她们消失在人群里，我的心里升起了一丝牵挂。有一次在地铁站的站台上和一个来自墨西哥的家庭合影，父亲母亲带着孩子们，临分开的时候母亲让几个孩子拥抱亲吻我，我蹲下来，小男孩儿用手臂挽住我的脖子亲吻我的脸颊，那个时刻会觉得在这个世界上的每一个孩子都是一样的可爱，不管他的皮肤、眼睛是什么颜色，我们可以去爱这个世界上不同国家的孩子，尽管语言不同但爱却相同。

纽约地铁是一个很神奇的地方，它们相互亲密交错但也静默分离，它们斑驳老旧却承载着世界创新与文明，在纽约的日子里地铁让我邂逅了这座城市的许多美好。这里就是纽约地铁，有每个人自己的故事，也有整个世界。

当我明白
When I awaken

世界是一个家庭
The world is one family
你是我至爱亲人
You are my beloved family
责无旁贷　由我做起

My absolute duty, I take on it
服务你　是乐趣
Serving you is a joy

世界和平绝不是梦
World peace is definitely not a dream
用心仔细想
Think about it deeply
有世界以来　事实真相
Since the world had formed, the truth is
立足之地　同一块
We all stand on the same land

阳光不可取代
Sunshine couldn't be replaced
空气无所不在
Air is always around us
就这样　当我明白
So that is, when I awaken
你是我　我是你
You are me, I am you
你是我　我是你　一家人
You are me, I am you, one family

用心仔细再想一想
Think about it deeply
我们来时一个样

When we came as one kind

终归去处没两样

Where we end up is all the same

何须受观念来捆绑

Why should I be bound by my mind

敞开你我的胸怀

Broaden mind of you and me

流露你我诚挚真爱

Express sincere love each other

从此远离　诱惑的摇摆

Since, far from wavering choices for lure

世界当然可爱

The world must be lovable

战争自然不再

Wars surely won't happen again

和平本来就在

Peace exists originally

就这样　当我明白

So that is, when I awaken

你是我　我是你

You are me, I am you

你是我　我是你　一家人

You are me, I am you, one family

☞ **实践：**

　　第一次在纽约坐地铁，真的是把我吓坏了，这里的人真的是正常人吗？怎么会有这样混乱的地铁？有的地方人们熙来攘往就像菜市场一样，有的地铁站的过道里热闹的表演就好像一个小型音乐厅一样。在这儿的人自由自在的，好像那个角落就是他自己家一样，歪着，坐着，倒着，唱着，跳着，喊着，简直就是一群疯子！开始到纽约的时候每一次坐地铁我都会遇到许许多多的新鲜事儿，纽约地铁是全世界感受新奇、享受旅行性价比最高的去处。来到美国居住的地方是纽约，是一件很划算的事情，因为在纽约完全可以不用开车，这对于一个异乡漂泊的人来说是一笔巨大的节约。

10

时尚主题是简约，其他的都弱爆了

古代奢华起源于欧洲王室、中东，后来又传到俄罗斯。然而在提倡人人生而平等的美国，品牌奢华不再是区分事物等级的标准和工具。时尚、品牌在美国人的生活里有着另类的诠释和意义。从嬉皮士到雅皮士，人们的创新和冒险从来没有停止。

《罗马假日》奥黛丽·赫本与纪梵希先生有着长达半个世纪的合作，引领了一个世纪的时尚风格，至今赫本的造型仍然被明星们模仿。获得两届奥斯卡金像奖，出演26部电影，赫本被时尚杂志 *ELLE* 评选为"有史以来最美丽女人"第一名。2009年6月25日，杰克逊因其私人医生违规注射镇静剂过量导致突然逝世，享年50岁。他的逝去震惊了世界，亿万歌迷伤心落泪，这位世界历史上最伟大的"流行音乐之王"开辟的时尚历史也告一段落。一个女人的抽烟姿态成为女权主义运动的偶像，她的身体变成燃烧的火炬，传递在美国、欧洲和澳洲之间，四处点燃女人反叛的怒火。女权运动就这样以卧室为起点，以香烟为信号，不可遏制地爆发，她是时尚女神麦当娜。他开创了欧美摇滚、爵士乐的先河，他让音乐艺术上升到人类精神文明的新高度，呼吁和平、自由、平等。他让音乐成为有力量的爱。他的音乐无国界，其中传达的是普世精神。他是音乐世界的时尚教主列侬。美国何以成就了如此让全世界为之信仰的时尚之神？

美国人的日常生活里，人们没有对奢侈品的疯狂痴迷与追捧，时尚的概念是凸显自我和表达个性，自由和舒适才最重要。生活中人们崇尚实用和简约。在犹太人的价值观念里，浪费和炫富都是可耻的行为。一个很有代表性的美国时尚品牌"苹果"提倡的便是"简单就是快乐"。"苹果"的设计师乔纳森·艾维对此战略证实称："苹果"绝对是努力研发简单的应用方案，因为人们喜欢简单明了，当下的时尚主题便是"简约"。

在生活条件日益改善的今天，有些人的"名牌病"已经病入膏肓，"街包""街机"充斥视野，社交工具朋友圈攀比炫耀自己的日常生活"高大上"也成为一些人的"时尚"。而在美国百姓的日常生活中，则不需要类似的"包"和"装"。不同的社会现象体现了人们哪些观念差异？根源于人们怎样不同的生活状态和价值观呢？

在华盛顿大学直播美国大选辩论的时候，除了现场选民的激情让我印象深刻之外，奇装异服也让我大开眼界：身穿美国国旗的西装男子，一身奶牛装扮的帽子男，全身贴满特朗普头像的青年；巴基斯坦电视台驻纽约记者 Jhon 的纽约时尚达人朋友 Matata，长发和泼墨图案的紧身裤，搭配设计夸张的耳环；圣诞节洛克菲勒大厦前身穿棕色棉袍，头戴用树枝制成的王冠的美男；在中城酒吧里的一群黑衣红唇女孩；美国慈善基金年会中，一向简洁不爱打扮但在当晚却华丽的王太太；"超级碗"比赛赛场中郑重地穿着自己支持的球队球衣戴着球队帽子的球迷；纽约金融圈年度派对里的"埃及艳后"……审美神经总在不经意间被挑拨刺激，然而各种造型都让人觉得既大胆又可爱，既投入又真情，美国人的时尚理念在有些时候随意舒适得让你误解他们不要求时尚，但是在有些场合却极致到惊艳。

观赏纽约时装周品牌秀，我穿了一身黑色透视绷带裙，内搭亲肤颜色的胸衣和黑色底裤，这个大胆的着装在国内的日常生活和聚会活动中我是万万不敢穿出去的，但在纽约着实让我过了一把瘾。时装周派对进场的时候，门口的工作人员在入场队伍里的每个人身上盖上一个印章表示是受邀嘉宾。我和朋友选择了T台前面第二排中间的位置。时装秀准时开始，白色墙壁的秀场十分简洁，看台末端是媒体和摄影师区域，大大小小的摄像机三脚架排列得好像小山，秀场的屋顶是密密麻麻的白色射灯和黑色灯架，T台的起点是一面白色幕墙，每一场秀开始灯光会在墙壁上打出这场秀的品牌名称。

纽约时装周

　　我很喜欢《欲望都市》这部剧，女主角之间的谈话有趣，衣服也好看。美国女士的着装在我的印象中分为两个极端。在日常生活中，她们的穿着打扮大多很随意简单，舒适而实用，平底鞋、环保袋、墨镜。而在需要打扮的场合她们认真而苛刻、用心和大胆。然而有一点让我感到惊讶，那就是无论美国女人怎么大胆敢穿，但毫无违和感。时代广场上的人体彩绘广告女，赤身裸体站在人潮拥挤的街头，依然让人觉得好美没有觉得低俗；一个节日里回家的路上，路边经过四五个并肩走路的人，他们应该是在表达着自己的某种态度或者观点吧，几个人都或多或少有身体裸露的地方，其中一个女子下身穿了短裤，上身一丝不挂，两个乳房向下耷拉着略微有点向胸廓的两侧侧偏，淡黄色的鬈发爆炸式地在脑袋上绽放着一朵大大的花，但我依然不觉得难看，她走过去又绕回来在路上来来回回地走着。我唯一好奇的是她的行为究竟是想要表达自己的什么意见。

《欲望都市》里的人物造型也是真超赞的。衣服和鞋子、不同颜色和配饰搭配既大胆又重视细节，把美国人的时尚态度演绎到位。无论主人公穿透视装，还是内衣外穿，夸张的耳环、头饰各种风格的帽饰等都毫无违和感。这样的时尚搭配如果出现在其他地方的大街小巷上，是不是能够被接纳？没准儿以为你是干什么不正当职业的！我不禁思考一个问题，时尚除了主体的先天条件和技术层面的操作之外，外界允许时尚生存的自然环境和接纳时尚观念的人文环境才是时尚诞生和赖以生存的土壤，如果没有同等美好的审美，那么美好也无法健康地存在。

纽约夏末的一个傍晚，我经过皇后区森林小丘附近的一条街道，走在我前面的一位银发老妇人略微驼背，手里挂着一根木质被摩挲得发亮的拐杖，一头银发梳理得很整齐，发髻中别着一朵淡粉色蝴蝶结，珍

地铁里的花姑娘

Hold 住：中国女孩 183 天美国行

在罗马大教堂，这张戴着大帽子的照片我很喜欢

作者在奥地利

珠耳环，棕色短打风衣，洁白的长筒袜，棕色的坡跟小皮鞋。这一身优雅顿时吸引了我，我特意走在她的身边。这是一位上了年纪的老妇人，涂了鲜红色的唇膏，这一抹鲜红的颜色顿时让我感动，这是怎样一个鲜活的生命，对美丽保有如此坚持的态度，这种精神和态度让我敬佩。

没有到美国之前，我听说过第五大道，脑海里想象的是世界一流的高大上，我如同在巴黎香榭丽舍大街的感受和情景：道路宽阔，知名品牌云集，路边阳光笼罩着悠闲洒脱的人们，无论站着坐着还是走路，每个人都在展示源自自己的一种时尚。我记得2014年，第一次到美国的最后一天是购物日，整整一个团的成员全部被导游带到了第五大道，准备进行一次疯狂的大采购。我记得那天我紧紧裹着黑色长大衣，裸色高跟鞋，长发配深色墨镜，草草逛了第五大道的两个店，然而并不是此前想象的那般金碧辉煌的奢华，与美国其他消费场所相比，环境的确整洁规范，但店面也并不是夸张的大，装修也不是过分的奢华。销售员的服务职业而周到，走进一家店，身材健美背着手笔直站着的男子为客人缓缓拉开金色的玻璃大门，微笑而殷勤地迎我走进店里，他问我："有什么我可以帮您？"而后店内会有店员主动上前来招呼我，之后也就很有可能是这个销售员给顾客"一对一"地服务。

在LV的店里，一位身材有点接近亚洲女性的中年白人女士微笑着朝我慢慢走过来，银白略微卷曲的精致短发，得体的黑色制服，左胸前戴着铜色条形工作牌，白皙的皮肤，鲜红的唇膏。在我挑选商品的时候她会走在

受邀出席2019年蒙哥马利国际电影节

Hold 住：中国女孩 183 天美国行

作者在欧洲旅行

我右手边略微靠前的位置,一边在柜面前走着一边向我介绍这些款式是哪一年的,设计和用料都有哪些特别考究的地方,她觉得哪一个更适合我。在选中商品之后,银发女士缓缓戴上白色的手套,慢慢地把包从货架上取下来,轻轻地放在托盘上再端放在柜台前,打开包仔细地展示给我看,她一边摇着头一边说真的是太美了,闲谈中店员也会

华尔街上的广告活动

送上店里的鲜榨橙汁。在第五大道或者美国的其他购物场所里,谈到价格服务人员会拿出计算器,以免口误和避免彼此的语言障碍。在第五大道的购物经验虽然不是很多,但总体上是非常愉悦的,我记得有几次在挑选商品之后并没有购买,但服务人员的殷勤和服务一直保持到我离开商店。在我看来,这可能就是为什么在第五大道尽管品牌店并不是如我们所想象的那般奢华,却是许多经典品牌和时尚宠儿的聚集地,其内在的与品牌匹配的服务和内涵才是真正的华美。

第一次到美国的最后一天恰逢购物日,当团友们在血拼购物的时候,我记得那天我从第五大道上飘了出来,一直走着走着……看着早春阳光里大街上来往的行人,一架装饰得如梦幻般漂亮的高高的马车,白色的大马儿套了棕色的皮质马鞍,棕色皮质车身,马车两边的扶手挂满了鲜花,中年车夫坐在高高的马背上穿着黑色的燕尾服,戴着高高的黑

色圆筒礼帽，手里的马鞭头儿上是一撮红色的羽毛。一个母亲带着孩子经过，小男孩儿穿着蓝色的T恤衫，圆圆的脸蛋粉扑扑的，他们走过马车的时候，小男孩儿快活地跳了起来。路边靠近公园的雕塑门口，石板路面被阳光晒得油油的，暖暖的。油画师在这里有一处自己的地盘儿，白色混有一些黑色的络腮胡子俏皮地打着卷儿，明亮的大眼睛，他主动走过来一定要帮我拍照留念。我脱下黑色长外套、裸色高跟鞋、白色短裙、简单的T恤衫、长发、深色墨镜，我把剪刀腿和暖暖的微笑回赠给了他。第五大道给我的印象并不是奢华，而是高高的马车、太阳底下的公园和街道、暖暖的阳光和暖暖的微笑。

　　之前的每一次旅行中，我也会这样在短暂的时光中，让自己放弃其他的活动，既不购物，也不赶时间，就在当地的街头、慢慢地走着，看一看经过的建筑。可能是酒店，可能是办公楼，路边的门是什么颜色的，金色、绿色？看看对面走过来的人们，他们裹着黑色的紧身衣，还是裸露出双腿秀出曲线穿着短裙？一条街道、一幢房子、一个路口，都很难用画面般的描写来表述它是什么，必须还要有经过那里的时候闻到的味道，人们在那里是奔跑，是喧闹，是安静地发呆还是一起欢笑？陌生人擦肩而过或许留下香烟的味道，小孩子

男人身着军绿色的复古斗篷，十分有个性
（拍摄于纽约地铁）

天真地嬉笑，还有在那一寸光阴的心情是急促，是安宁，是喜悦还是怀念？这一切的维度重叠起来才能表达出一点点那里到底是什么样子儿。

这样的一份自然享受时光的态度也是美国人民的生活态度，就像他们的口头禅"Enjoy"。

美国人的时尚观念给我最深刻的印象是"走心"和"自信"。在地铁车厢里头上插满鲜花、无拘无束地笑着的胖女孩儿，站台上身材高大白色鬈发披着军绿色的复古斗篷的男人，在华盛顿大选辩论现场一身美国米字旗的嬉皮青年，一个身穿奶牛造型外套的大男孩儿，在各种正式宴会精心打扮、服装考究、配饰夸张大胆的男士和女士们，他们的时尚感给人第一眼的感觉是无论多么夸张或细腻都发自内心，因为自己真心喜爱自己，于是有了一整天的好心情，张扬个性表达自我，大方自信性感迷人。

☞ **实践：**

在美国生活了一段时间以后，我发现自己在生活中的装束越来越重视舒服和自在。回到中国我几乎再没有背过什么名牌包，出门经常背着一个双肩书包，既实用又省力。这让我想到了之前在国内看到的一则让人吃惊的新闻，一个90后的男孩为了给女友买苹果手机去黑市卖掉了自己的一个肾。品牌的价值和意义到底是什么？我们选择品牌的初衷是什么？希望表达自己的又是什么呢？新的启发，那就是我认为"品牌"其实就是一个精神集中，如果你具有可以鼓舞他人的能力，如果你可以给其他人带来启示，如果你的生命可以为他人带来一点点受益，你本身就是品牌。真正的品牌不能用价格粗暴地量化。如果我们把经营自己的日子就像是经营自己的人格品牌来过，也许很多从前很难做的取舍就会变得容易了许多。

11

iPhone 在美国只是 I 的 phone

1955年2月24日，史蒂夫·乔布斯出生在美国旧金山，刚刚出生的乔布斯就被父母遗弃，而无父无母的乔布斯却成为改变人类通信历史的"苹果之父"。比尔·盖茨评论乔布斯"很少有人对世界产生像乔布斯那样的影响，这种影响将是长期的"。奥巴马评论乔布斯"是美国最伟大的创新领袖之一，他的卓越天赋也让他成了这个能够改变世界的人"。然而由伟大的乔布斯所创造的 iPhone 在改变世界的同时并没有让美国人为之发疯。

这里想说的是美国人的生活习惯。美国人不喜欢总盯着手机看，"手机"一词的"手"和"机"是分开独立的两个字。而我们的"手"和"机"是长在一起的，人机合一，形影不离。除了手机其他各种电子产品也很受追捧，学习、开会、走路，甚至吃饭、睡觉都仍然人机连体。美国人重视私人空间和时间，人们在周末通常会关掉手机投入家庭生活，拒绝工作时间之外与工作有关的通信联络。越来越多的人开始卸载各种社交装备和电子产品，因为崇尚自然和原生态的生活方式。他们喜欢更直接的面对面的沟通交流。初到美国的一段生活里，这些差异让我曾有过强烈的不适，也发生了一系列尴尬囧事。

刚到纽约的时候，有几次发短信联系朋友的经历很尴尬而且不愉快。我发信息给朋友请教一件事情或者一个问题，信息发出后仿佛石沉大海,几天都没有回音。之前虽然了解在国外比较注重个人的空间和时间,但对方迟迟不回复,我还是忍不住去催促,对方仍然是让人崩溃的沉静。但就在几天后,我收到了之前联络的一些朋友的答复,是编辑得十分工整的信息,朋友把他的经验以及帮我询问的情况很详细地编辑成一个完整的答复。类似的事情后来也发生不少,人们并不会秒回信息,不会因为手中的电话和信息中断正在的工作和生活。另外在美国和朋友的联络中,我发现语音留言的使用频率是很高的,电话打过去对方很多时候当时没有接听,但通常会设置语音信箱,接收留言信息,之后会在自己方便的时候回电话或者选择是否要答复。如果彼此还不是很熟悉的朋友,有事需要联络,通常会先通过短信预约一个彼此方便通电话交流的时间,到时间准时打电话给对方。这样的方式让答复信息变得更详细慎重,让通电话变得更准时和礼貌,尤其是晚上或者周末的休息时间,更是要先预约发个信息问候一下对方是否方便,如果对方没有答复,自然不会再继续打扰。这样的手机使用方式让每个人的日常时间不会被打乱成凌乱的碎片,人们有完整的时间专注于自己热爱的事。

在美国的朋友曾经和我说过这样一句话,她说刚来美国的半年你会十分讨厌美国,来美国一年后你会渐渐开始喜欢美国,来美国三年后你会爱上美国。然而这句话在我的身上仿佛加上了一个加速度a,我在刚到美国的半个月到一个月的时间里,经常感到不适,一个月以后我渐渐开始喜欢美国,三个月以后我变得非常喜欢纽约。这或许源于我给自己很繁重的训练和功课去迅速地了解适应美国,细心地体验在这里的生活。

初到纽约我们很可能会对一个状况非常不适应,那就是美国式的冷漠。在中国的传统文化中我们会在礼数上打招呼、寒暄、聊一聊家常,但在美国通常单刀直入,Who are you?通常是对方首先要搞清楚的一个问题,如果对方觉得你和他的关联度不高,或者你不是很有趣,对方可能不会花更多的时间深入地和你交流,也不会有太多的客套话。虽然,有时候让人觉得有点不近人情和冷漠,但如果了解了这样的"习俗"，适应这个文化就会得到相应的自由和舒服。

在我初到美国的时候，我加入了纽约的几个房地产和金融行业的组织，线上我们也有一些微信群类的平台。当时我还不是很习惯美国人单刀直入式的简洁和直接，我偶尔会在群里发一些艺术或者情怀类的"鸡汤"分享。当时一位群里的"老人"也是当时我在美国最早认识的一位朋友，说来我们在中国有同一位老师也算是师兄，用非常不客气的语气他发来信息和我说，在这个群里没有直接价值的信息就不必发，一个字也不发，如果发了就会被群主踢出去，这位仁兄还特意补充了一句"在这里不讲人情不留情面"。当时虽然知道对方是善意提醒，但几句毫无温度的表达还是让我好像吞下了一个硬物，哽在喉咙半天咽不下去。这样的一些不舒服的细节在初到美国的日子里每天都会发生。

在以后的生活里，我要求自己的言谈举止做到比美国人还要严谨。如果是第一次见面或者活动，我会提前做一些功课和准备，美国人重视自己的私人生活空间，但在工作的时间里非常严谨务实，空洞没有价值的语言通常不会打动对方。在约访中，我会提前查询交通路线，保证时间上准时。随着在纽约待的时间渐渐久了，对当地环境的熟悉，还有自己拼命地适应和遵守规则，我很快跟上了在纽约"舞蹈"的节奏，踩到了舞点儿！

保留个人生活空间，崇尚简单的人际社交使人十分轻松，但也不能过于机械化冷漠。中国人有情怀，讲人情味虽然有时给人感觉人际关系复杂，但很多时候也让人感受到亲朋好友的关怀和重视，感到社会大家庭的温暖，无论感情的亲密无间还是生活中的公私分明都不可非左即右，中西结合优势互补最佳。

11　iPhone 在美国只是 I 的 phone

教父身后

☞ 实践：

  谈到手机让我想到了很多。我清楚地记得自己的第一部手机是怎么来的。大学一年级的时候，我参加了江苏省电视台公共频道首届主持人比赛获得了冠军，当时的奖品有赞助方赞助的一台液晶电视机，因为当时还在读大学，学生宿舍不能放电视机，离东北老家太远也不方便邮寄，于是我卖给了活动的主办方电视台，然后我用卖电视机的钱给自己买了人生中第一部手机。在之后的日子里手机陆陆续续地换过几部，多数是因为手机遗失。随着手机的更新换代，也伴随着QQ、MSN、博客、微博、微信等社交工具的演变，人们的生活方式也发生了巨大的变化。我一直是一个不太喜欢用网络社交工具交流的人，很多线上的社交工具都是比其他朋友晚很久才被动地开通，个人非常喜欢现实中的交流，直到现在微信还是以工作工具为主，不是随时会看。

  但尽管如此，在美国的生活，对待手机的不同态度还是曾经让我感到很不舒服。现在想来其实对待手机方面的中美文化差异，反映的不只是单纯的社交工具的使用态度的差异，而是从一个缩影反映了人们不同的生活态度和生活方式。美国的社交方式反映了人们重视私人空间，重视隐私，人们独立的人格十分彰显，任何信息和电话不会被动地接听，工作时间之外不会受到打扰，人们会在特定的时间里专注在自己的工作和生活中，因为专注品质才有了更好的保证。在从美国回来之后，我养成了一个"坏习惯"，就是不爱回复信息，吝啬聊天的时间，很少用手机闲谈，除了回复工作上必要的信息，其他的信息基本上会在每天完成了一天里的事务之后固定的时间清理和回复。但是对家人、对父母的电话和问候却只有增加。

  今天下午我想到了曾经在网络上看到的一个短视频，短片讲述的是一位独自居住的老奶奶给自己远在他乡的女儿用手机发送短信息的故事。在一个冬天清冷的早晨，窗前安静地坐着一位老奶奶，脸上的皱纹和银白色的鬓发，灰色的毛衣，戴着眼镜，房间里的座机电话响起打破了画面的沉静。老人接到了一个电话,在电话即将挂断的时候,老人对电话里面说,你可以帮我一个忙吗?我想给我的女儿发一条信息,我忘记了怎么使用手机发信息。在镜头里,老人慢慢地拿起手机,听着固定电话里的人指导,一边慢慢地按下手机的按键,一边嘴里念叨着"Hi……"在故事的结尾,老人发送出了短信息,按下最后一个按键的时候,老人的手指轻快地按下,并且笑着松了口气。在这个短片结束后,我常常惦记这位老人,总在想:她的女儿到底收到了那条短信息没有?回复了老人没有?和这样的一条短信息相比,我们对手机,对社交工具,对我们自己时间的态度,又有多么宝贵?

12

"国民老公"的首富爹是美国人的重要话题

最近在四川成都一间武馆里上演了一场别开生面的搏击比赛,比赛双方分别是来自北京的格斗狂人徐晓东和成都太极宗师雷公魏雷,最终,魏雷20秒被打败。吃瓜群众谈徐晓东和魏雷,不管聊啥都不奇怪,但在美国"国民老公"的爹却也是美国人圈儿里的红人儿,我真的是醉了!

如果不是生活在美国,亲身经历和参与了这些,我没有想到在美国金融行业的许多论坛、会议和活动中,甚至美国公司内部会议中,会如此聚焦和重视研究当下的中国市场,了解中国人民。行业内对中国诸多知名企业的研究之细致,对中国的百姓民生兴趣之浓厚……在美国盛行研究当下的中国这一现象使我感到惊讶!这些也引发了我的思考,在美国与中国之间,大家需要怎样的沟通和了解才能正确地认识对方,满足彼此的需要呢?为什么在世界的魔都、全球金融中心的纽约,各个行业都把中国作为研究的重点对象呢?

经由摩根·士丹利的朋友Grace引荐我参加了在纽约召开的2016年全球投资大会,在美国生活期间也幸运地参加了其他一些美国房地产协会、金融协会等组织的论坛和活动。在美国举行的这些行业内部的交流活动中,大家关注和探讨的焦点常常是当下的中国。

2016年10月6日,在中美两国的地产和金融行业同仁的共同联合

12 "国民老公"的首富爹是美国人的重要话题

主办下,全球投资大会在美国纽约华尔道夫酒店隆重举行。会议的前半部分对全球 2015 年的经济状况进行了回顾、对全球经济的未来预期走势进行了分析,会议的下半场专门就中美两国的经济贸易合作进行了探讨,其中还特意设置了一个中国创业者的路演环节,让美国的朋友们感受到了中国的创新创业氛围。坐在台下看到中国的来宾,内心非常自豪和亲切。这次活动让我很有感触:世界很大但也很小。一个人、一个企业的舞台都可以是无限大,时空的距离在当下已不再是错失机会的借口,我也变得更加认同纽约。中国有句话"天时地利人和",而在纽约则很容易实现"地利",在这里更加容易与世界联通。

虽然几年前入住过华尔道夫酒店,还在纽约的华尔道夫酒店远远见到过李克强总理,但是作为参会成员参加在华尔道夫酒店举办的国际金融行业论坛会议还是第一次,这让我感到非常兴奋。在摩根·士丹利的考察拜访中,负责中华区的负责人 Grace 向我谈起了即将在纽约举办的 2016 年全球投资大会,会议的背景和内容都非常有意义,经过摩根·士丹利的朋友推荐,我申请参加这次会议。在这次会议上我认识了一些在纽约十分优秀的朋友,他们有的服务于美国政府部门,有的深耕于美国金融行业和房地产行业等领域。

初秋是纽约最美好的季节,随处可见的是金色的天地,城市里的建筑在金色的背景里,其画面感更加立体和饱满。很多大型的会议和活动会在华尔道夫酒店举办,这里不但是纽约一个具有历史性和代表性的建筑,酒店内部的多个会议厅和完备的会议设施也为来自世界各地的企业和机构提供了高端的会议场地和活动环境。2016 年的全球投资大会在酒店二楼南侧的会议大厅举办,会议场地宽敞而精致,可以同时容纳大约 500 人参会。进入会场前,在酒店的大堂、电梯和楼梯转弯处均设立了会议的场地指示牌,在二楼会场外工作人员准备了会议的流程资料,通过咨询台,来宾们在会场门口的签到板签名留念。进入会场正前方是偌大的全球投资大会的会议主题语,主席台的侧面放置了一张透明精干的演讲桌，华尔道夫酒店标志性的水晶吊灯散发金色的光芒，会场已经嘉宾云集，媒体在会场的外围准备就绪。在美国参加的会议整体给人的感觉是会议的形式简洁而不失庄重，会议内容流程紧凑，信息颇有价值，嘉宾来自美国、中国及其他国家，让会议很容易成为国际化的交流平台，而这正是纽约得天独厚的优势。

这次会议中，几位国际经济学家的演讲十分具有前瞻性，另一个让我印象深刻的是中国的几位创业者的路演。其中一位年轻的创业者也成了我的好朋友，他在中国积极研究和探索新媒体运营模式，这也是我第一次听到关于微信、直播在市场营销和品牌建设中的很多新鲜创意。中国创业者的路演得到了各国朋友的认可，也让全世界的投资人看到中国的创业环境。

会议休息时间，我向会议主办方的几位朋友问候，感谢他们精心策划和搭建了这个十分有意义的交流平台。大家为这次会议的顺利举办感到兴奋，来宾们也在会议休息时间互相认识交流合影留念。之后虽然在纽约也参加了其他的一些会议和活动，但这次会议给我的印象更加深刻，最重要的原因就是在对全球经济形势的分析之后，中国几位创业者的激情让异国他乡的我对共同奋斗的朋友们产生了共鸣，家乡人们的声音也让我感受到了亲切和力量。

在纽约参加的行业交流活动让我深有感触，其实世界是一个处处联通的共同体。在中国的创业者路演环节，我看到一位之前虽然不认识，但在同一个微信群里的朋友，所以世界的资源也是在日益集中，大家说不定就又在哪儿遇见。

在美国参加的各种会议和活动中，美国的朋友们经常会向我问起中国现在的情况，问一些他们关心的中国企业和中国企业家，很多同行业的朋友也经常到中国出差和考察，在美国企业中很多设有专门服务于亚洲和中国的部门。每一个行业、每一家公司也会周期性地总结关于中国业务的相关数据，去了解和分析中国市场，了解中国人民。近些年中国到美国的学习考察团越来越多，很多为人熟知的院校、企业都曾组织团队到美国进行短期学习和考察，相信中美两国的朋友在交流中彼此都受益匪浅。除了中美两国的强大和发达之外，我想另一个很重要的原因是东西方文化的差异，让人体内的造血细胞顿时被触动激活。记得在哈佛俱乐部的一次活动中，美国一家知名地产公司的总裁竟然和我用流利的中文对话，他曾经在北京大学学习，中文中夹杂着一口京味儿真是有趣儿，看来老外学习中文也正成为一种时尚风潮。

☞ 实践：

单单是生活在中国，我们不容易感受到中国的国际地位和影响力的提升，或者说我们不会有这么直观的感受。因为近些年旅行和游学考察过一些国家，在这个过程里，我非常明显地感受到了一些细节的变化，比如华人受到的礼遇增加提升了，华人在海外的行为素养提高了，我们谈到自己的国家，内心自信更多了。在一个周末的午后我约了朋友喝下午茶，地点在布鲁克林大桥附近。碰巧当天的出租车司机是一位华人，路上我们聊了许多华人在海外地位逐渐提升的现象，一方面中国的快速发展让全世界的华人感到骄傲，另一方面出行到世界各地的中国人形象也渐渐在改变。记得和复旦大学的校友一起在美国的游学考察中，每次用餐结束之后，我们会一起整理好餐桌，把桌椅摆放整齐，留下小费。在美国生活的日子里，我时刻注意自己的言谈举止，我们不一定会为自己的家乡增光，但至少我们可以做到不去抹黑不去丢脸。在美国的日子里，我十分感恩美国朋友对中国给予的关注，就像在国内感恩我的良师益友一样，如果没有国际社会对中国的关注，如果没有一个包容平等的国际平台和环境，也不会有我们自己发展和强大的机遇。

13

距离不是问题　问题是没有距离

　　我一直觉得纽约是一座非常性感而且充满魅力的城市，白天里的阳光清澈仿佛一位青春少女，夜幕中淡黄色灯光拉近人们心与心的距离，无论什么时候在什么地方任何事情都有可能发生，这也正是这座城市性感迷人的地方。

　　在这里，无时无刻不需要社交。最初参加几次主题派对活动，因为聚会的形式和在中国大陆有很大的不同，比如聚餐并不是在酒店封闭式的包厢里，而是开放式的餐厅、酒吧、草地、会议室。活动中有明确的主题，比如是由行业里的哪个组织发起邀请的，聚会中大家不是坐在座位上一动不动。而是在整个活动区域自由活动、自由组合，派对在美国是极为平常的社交活动，但初到美国的时候我还是会觉得有一点新奇和陌生，对初次见面就主动上来问候的朋友还是有一点羞涩矜持，不知道话题从何谈起。自己主动上前与人沟通也很不自然，加上语言交流还有一些吃力，所以最初参加各种派对活动对我来说更多的只是体会到一种情境和一种与人交往的模式罢了。但我真心觉得这样的沟通方式非常棒，尽可能地给参加活动的朋友们创造了沟通的空间和机会。

　　下午四点的新闻直播结束后我从电视台走出来，去参加曼哈顿中城一个酒店里举行的房地产协会聚会。这个时间的阳光是给人感觉最舒服的，既有正午的余温又不会太强烈。完成了一天的工作，整个城市开始放松下来，一个人走在曼哈顿的街头，灰黑色的城市背景在身边流过，街口时而拐进来体态笨拙的车子，街边餐馆儿的门开着，进进出出的人们很热闹，在街上时常看到愉快的笑脸从眼前闪过，有时候忽然会听到身后有人用中文在聊天。

  酒吧位于八大道上的一家酒店内，占据了楼上楼下两个楼层的空间。二楼有连接到窗外的大露台，站在露台上可以悄悄地观察街上来来往往的车辆和行人。酒吧内部的屋顶和室外都种植了大量绿色藤蔓植物，摆放了藤制的沙发椅，坐在天台可以远眺帝国大厦的灯光变幻。现代感十足甚至有些聒噪的音乐让我不敢相信这竟是一个专业性极强的房地产行业的聚会。在人群中我觉得额头上好像贴着标签"fresh girl"。在纽约时常会感觉到其实生活圈子很小，不一会儿我看到了一个中国女孩儿，前几天的一次中国朋友的聚会中刚刚见过面，她应该也是在房地产或者和金融相关的行业工作，我们不约而同地上前和对方打招呼，既显示出热情也似乎让自己不落单。聚会的人开始越来越多，很多人三三两两在攀谈，有新朋友主动来和我打招呼问我要喝点什么，我点了一杯甜味的鸡尾酒，努力去适应这个热情的氛围。喝点酒之后工作了一天的紧绷神经开始舒缓放松，我开始和身边的朋友们打招呼聊起来，询问对方是在哪家公司，来纽约的经历。在这里的人们很热情，会把自己身边的朋友介绍给大家认识。渐渐地，我开始融入这样活跃的氛围，在这次派对中我认识了一位在之后的工作和生活中给了我很多帮助和鼓励的美国朋友。

  聚会的人越来越多，酒吧里的空气开始逐渐升温，几乎所有的来宾都会轮流地问候和交流一番。我忽然想在某个角落旁观和感受一下此刻的场景，一个人拿着酒杯在吧台前的沙发坐下，静静地看着聊得投机的人们，"Hi"一个刚刚认识的女孩儿打破了我想要的片刻宁静，"Helen，我给你介绍我的朋友，Jim，他非常优秀！"一个高大的有些秃顶的四十几岁的男人穿着剪裁考究的西装，金色的领带，一双别致的

Give 能量满满（2016年摄于华尔街）

欢迎来纽约（2016年摄于纽约中国城法拉盛）

蓝色眼睛,不知道是不是酒精的原因,他的脸色有些泛红,"Hi, Helen. Nice to meet you!"。很平常的初次见面的问候,握手,互相告诉对方名字,我大概介绍了我刚刚从中国来,现在在纽约的华语电视台实习,之前在中国做过房地产开发工作,然后他做出很惊讶的表情,觉得我的经历很有趣,我们添加了彼此的微信。到了纽约我发现华人是具有相当影响力的,这一点从很多美国人也使用微信就可见一斑。地产协会的活动并不影响酒吧的正常营业,在天台上我遇到了一群美国女士的闺密聚会,她们看上去应该有四十几岁到五十岁,整个桌子上没有男士,这让我想到了《欲望都市》中四个漂亮女孩儿的聚会。我很兴奋地和她们打招呼,她们十分欢迎我的加入,大家举杯庆祝相遇,这几位美国女士有在金融公司上班的,也有自己经营餐馆的,也有全职妈妈。她们问我来纽约多久了,我说一个星期,所有人表现出惊奇的反应,大家一起举杯欢迎我。其中一个美国大姐姐和我聊得非常投缘,从手袋中拿出笔和纸写下了她的电话号码,嘱咐我一定要保持联系,然后大家继续很开心地搂在一起拍合照。在这次聚会中,我感受到了美国朋友们一起聚会的氛围,在之后的活动里也有再次碰到这一次活动中的一些朋友,在这样的热烈而活跃的氛围里,大家渐渐熟悉起来,有的成为朋友,有的成为生意伙伴。

在曼哈顿我们经常可以看到沿街排队的人群,然而他们并不是在等着购物,而是排队等电梯去屋顶酒吧。在纽约很多建筑的屋顶,比如酒店的顶楼通常会是一个屋顶花园酒吧,有的带有一个露天游泳池,天台的位置可以饱览纽约夜景,远望帝国大厦、洛克菲勒大厦等纽约著名建筑,屋顶也非常适合种植鲜花和植物,因此经常会被装饰布置得时尚浪漫,人们在屋顶花园里穿梭互相打招呼,喝酒攀谈,谈经历,谈生意,谈世界,也谈爱。

来到纽约后的第一次泡吧经历是在纽约曼哈顿的中城。我和一位复旦大学的学长一起,为了庆祝我来到纽约,我们提早几天就约定找一个纽约经典酒吧一起庆祝一下,那一晚我们偶遇了在纽约美国银行做企业

接风洗尘 (2016年摄于纽约中城某屋顶花园酒吧)

客户业务的美国帅哥,还有两位来自美国西部,正在纽约旅行的美女,席间帅哥问我的经历和打算,我和他说我会在美国生活一段时间,回到中国后会写一本书,就写在美国这段时间的生活经历。他很惊讶,然后问我是不是可以把卖书的钱存到他的银行,我笑着说好啊。我十分感恩这些在平凡的日子里让我做出了承诺,发出了喊话的人,因为他们帮我在那一天记录了我内心最真实的想法,然后在我的大脑皮层里输入了这个指令,让我为之坚持不懈!

中美在社交文化上的差异巨大!我们越高级的聚会越秘密越封闭,吃饭也要关起门来在包厢里。美国的聚会喜欢开放,在越宽敞越露天越接近自然越开心。国人喜欢聚堆儿凑在一起,做什么事儿要有个伴儿,美国人追求个人空间,经常一个人落单儿做自己喜欢的事情。中国人关系好的依据就是知道彼此的秘密越多,七大姑八大姨说东道西也都表示是关心你。美国人注重隐私,哪怕父母和子女之间也尊重彼此的私人空

观看 NBA (摄于华盛顿)

间。中国人礼尚往来，家中有喜事要收红包和贺礼。美国人举办庆祝活动，喜欢送礼物去分享和给予，脸书老板扎克伯格喜得爱女后就为世界人民送出了一个大大的红包。

国内不少朋友豪宅的地下室会装修成KTV，或者活动室，与朋友社交聚会大多是室内活动。在美国社交活动的场地通常是曼哈顿城中某座高楼的屋顶。为什么娱乐社交活动喜欢这个位置？这应该是与美国人崇尚自然的心态有关系，屋顶花园开放式的环境更有助于互动和交流，俯瞰纽约夜景也是不错的享受，音乐从室内弥漫到天际，也不会感觉憋闷和压抑。几乎所到之处的屋顶很多会设有这样的酒吧或者泳池或者球场等其他使人放松的社交环境。因此纽约最欢乐的地方是在楼顶。

国人喜欢喝茶，三五好友坐而论道。酒吧文化还是从欧美引入的。而欧美的酒吧文化不仅仅是餐饮文化，更是一种社交文化。喝茶，我们讲究的是清净，会和朋友围坐在一起，焚一支香，大家讲话不会大吼大叫，不会随意走动。而美国的酒吧文化，哪里坐得住啊，很多美国的露天酒吧布置得就是一个公园，大家拿着酒杯会四处流窜，看看纽约的夜景，呼吸夜晚的空气，游荡在忽明忽暗的灯光里，可以换不同的对象聊天。在美国的各种社交活动中，气氛通常十分热情活跃。

美国的社交活动从不单调，和朋友一同在百老汇看一场CAT演出，在时装周看一场品牌秀，又或者在卡耐基音乐厅、林肯中心听一场音乐会，在洋基队的主场看一场比赛，晚上和朋友在城市的半空中尽情来一杯，这些日常有趣的事儿都是美国的日常社交。摩根·士丹利的一位老朋友，两年未见，2016年第一次在纽约碰面就是在卡耐基音乐厅看演出的时候碰巧遇到。工作之余，我会约上工作中的伙伴一起去看比赛，去旅行，这些丰富多彩的活动也会让我认识新朋友。我在想自己也算得上社交爱好者，所以刚到纽约的时候我还没有什么朋友，但在将要

CAT（2016 年摄于百老汇）

离开纽约的时候，已经认识很多好朋友。百老汇举办的个人摄影展上，有纽约不少朋友赶来捧场和观展，我和朋友们说，非常感恩来到纽约后认识的每一个人，举办摄影展本身也是一次以旅行中对生命的感悟为主题的派对，让纽约的朋友们再次相聚在一起。

无论中西，社交方式都因人而异各有千秋，而人与人之间沟通交往的基础是真诚却永远不变。

☞ **实践：**

　　直到现在想到初到纽约的日子，第一次出现在社交活动的场景，心跳还是会加速。回忆在纽约的生活，出行或者在一次聚会中与朋友们的问候攀谈，工作的沟通，偶然间陌生人的搭讪，其实你说美国人在乎个人隐私吗？但在人与人之间的交流和沟通中却是十分简单的，甚至多数人是非常单纯的。我们常说老外非常简单，这大概是我们对老外的普遍印象。从刚来到纽约的时候没有任何一个朋友，到现在我的纽约"中美实践俱乐部"里有一百多位在美国房地产行业和金融行业的精英朋友，并不是我有什么魅力和本事，我觉得我要感谢美国人简单而实在的社交和沟通方式，如果问我付出了什么，我觉得我付出了真诚。

14

总理访美带来的不仅仅是故乡的风

从美国尼克松总统第一次访华开始,中美两国的外交关系一路走过风风雨雨,备受世人关注,两个不同发展阶段的国家,两种不同社会体制的民族,在半个世纪的沟通交流中,我们共同见证了彼此的文明与进步。

我和 Felix （2018 年摄于纽约州州政府纽约市布鲁克林办公室）

| 14 总理访美带来的不仅仅是故乡的风 |

我和 Mr.Maeglin （2018 年摄于马斯卡廷中美友谊屋）

  当代中国与国际社会之间的交流日益增多，对引进海外人才更加重视，虽然是在美国，但见到的中国元素却很多，华人的活动也非常丰富。在美国期间我参加了多次由中国政府、中国社团组织的论坛、会议和人才招聘活动。在美国大家对各种社团、组织也十分开放包容，各种族和国家的元素在这里都可以见到。2016 年在纽约经历的不可思议的事情有许多，参加在华尔道夫酒店欢迎李克强总理到访纽约的活动就是其一。

  华尔道夫酒店位于美国纽约，1893 年由威廉·沃尔多夫·阿斯特建造。威廉的表弟，同时也是他邻居的约翰·雅各布·阿斯特四世，在附近建成同样大气华丽的阿斯特拉酒店。后来两个酒店之间用一条 300 多米的长廊连接起来，合成一家，冠以"沃尔多夫－阿斯特"的名字。纽约华尔道夫酒店被视为装饰派艺术时期建筑与设计的典范，其

我和 Dan （2018 年摄于马斯卡廷中美友谊屋）

建筑本身即是一件充满活力的艺术品，并有多件著名雕塑和画作装饰于酒店之中。至今，纽约华尔道夫仍保留着法国艺术家刘易斯·里加（Louis Rigal）创作的壁画和名为"生命之轮"（Wheel of Life）的马赛克拼贴艺术，以及其他多位艺术家的壁画及雕塑。

19 世纪末，时任中国清政府直隶总督兼北洋大臣的李鸿章乘船考察欧美各国，在纽约他下榻的饭店便是华尔道夫酒店，成为历史上下榻该饭店的第一位华人政要。在近一个世纪中，历任美国总统下榻酒店总统套房的传统始自胡佛总统。而卸任后，胡佛总统直接从白宫搬进了华尔道夫酒店塔楼的私人套间里，长住 30 年之久。2014 年 10 月 6 日，希尔顿酒店集团（HLT）表示，同意以 19.5 亿美元价格将极具盛名的纽约华尔道夫酒店售予中国安邦保险集团，但希尔顿并未因此与纽约华尔道夫酒店彻底脱离关系。

为了见到李克强总理，我和几个领馆的志愿者一大早就出门了，大家都想早一点到达华尔道夫酒店的会议现场。没有人经历过欢迎国家领导人的活动,不确定酒店到时候是什么状况,所以大家早早出发。清晨的阳光十分明媚晴朗,从公园大道和麦迪逊大道方向走到华尔道夫酒店大概是一刻钟的路程,在这样的喜庆活动中,我照旧穿了旗袍,外搭一件白色小西装,一枚别致的水晶金盏花胸针。

华尔道夫酒店比平时增加了更为严格的安检流程,一进酒店大门就要把鞋子脱掉安检,安检通道的两边是几位彪形大汉和非洲裔女警。通过安检,走上酒店大堂洁白的大理石台阶,高高的台阶上是酒店大堂的外厅。华尔道夫是纽约最经典的酒店之一,2014年曾经在这个酒店住过两晚,那一次印象最深刻的是酒店大堂中央的落地大钟,在落地大钟的顶端是一尊自由女神像,而这一座钟也成了华尔道夫酒店的标志之一。大堂两侧的楼梯和墙壁以乳白色的大理石石材铺就,装饰效果华丽。大厅屋顶的水晶吊灯的灯光泼洒在四周乳白色的墙壁上,楼梯两侧各装饰了一个深蓝色巨型浅口瓷瓶,整个大厅多了安详的气息。经过华

李克强总理访美活动中的媒体朋友们 (2016年摄于纽约华尔道夫酒店)

纽约华尔道夫酒店大厅 （摄于2016年9月）

丽的外厅，走过大理石石柱间的门廊，向前步入华尔道夫酒店的正厅，色调从明亮转为怀旧和沉稳，暗色的木质前台，实木柱子，木质的玻璃橱窗，橱窗里摆放着历史上曾来访过的名人照片，淡黄色灯光的大堂咖啡吧……大堂另一侧是一个古老的红色小酒吧，整个区域不再是闪亮的大理石地面而是满铺的墨绿色花纹图案的地毯。

  酒店里早已坐满了等候总理到来的华人代表，这个早晨的华尔道夫大堂几乎都是华人面孔，这让我很吃惊，在纽约的华人数量真是不少啊！酒店八楼工作人员正在布置总理会晤的场地，我和几位巴基斯坦记者在八楼遇见，大家正在准备现场新闻报道。几位巴基斯坦记者非常热情，谈到中国，好像有讲不完的话题，巴基斯坦记者对我说中国是巴基斯坦的老大哥。其中一位记者是美国NBC电视台驻巴基斯坦记者，名字叫Jhon，黑色络腮胡子，黑黄的皮肤，身材高大健美，明亮的黑色眼睛，手里拿着自拍杆可以360度旋转镜头，全身挂满先进而完善的装备。Jhon热情地邀请我接受他的现场采访。这是一次很有趣的经历，在异国他乡接受来自另一个国家记者的采访，而且是在国家领导人的国事访问活动中。Jhon问了我两个问题，首先他问我怎么看待中国经济的未来前景，另一个问题他问我个人觉得中国和巴基斯坦两个国家的关系会如何发展。面对镜头我希望镜头另一端的巴基斯坦人民从我这里看到中国人民的友好，事实上中巴两国的关系确实不错。在纽约几次乘坐出租车的经历中，每次遇见来自巴基斯坦的司机，对方的服务态度都会格外亲切友好。谈到对中国经济的看法，我说在新一代中国政府领导人的带领下，中国人正在更加努力和勤奋……这一段视频直接被Jhon直播到了巴基斯坦，这次采访让我们两人都很兴奋！

会议大厅里等候的人越来越多，李克强总理终于在大家的期待中到来了。李克强总理接见了在纽约的部分华裔，远远的，我还是亲身感受到了祖国总理的风采，李克强总理的笑容，举手投足尽显大国风范，让在海外的华裔深受鼓舞，华尔道夫响起雷鸣般经久不息的掌声。

☞ **实践：**

前几天我在一位美国朋友的微信朋友圈中看到了一则分享，这位美国朋友在自己的朋友圈中晒出了中国国家主席习近平的头像以及一篇习主席的发表讲话的文章，看得出来这位美国朋友非常欣赏当代的中国领导人。在美国的最新一届大选中有一个现象特别有趣，特朗普成了世界上最爱发推特最喜欢个人秀的总统，国家领导人与民众的互动成为日常。

当我在纽约华尔道夫酒店宴会大厅看到李克强总理的时候的感觉是国家领导也是一个凡人，也会有皱纹，也会有疲惫的眼袋，笑起来的样子很亲切，就仿佛邻家的一位长辈。

15

大象之所以是大象真的有其基因优势

在美国的时间里我尽可能更多地去拜访和调研一些美国的企业，很多公司给我留下了非常深刻的印象，这个实践的过程也让我的世界观得到了不少启示。其中一次在对戴德梁行公司的拜访中有幸结识了洛克菲勒家族的成员，让我也感受到了美国家族企业的深厚魅力。

洛克菲勒是美国的一个家族，丘吉尔曾评价洛克菲勒家族在探索方面所做的贡献将被公认是人类进步的一个里程碑。这个家庭的祖先18

2016年第N次拜访美国戴德梁行公司

世纪便从德国移民到美国,如果约翰"D"洛克菲勒还在世,他的身家折合成今天约有 3053 亿美元。

当美国宾夕法尼亚州发现了石油,成千上万的人像当初采金热潮一样涌向采油区。克利夫兰的商人们对这一新行当也怦然心动,他们推选年轻有为的经纪商洛克菲勒去宾州原油产地亲自调查。冷静的洛克菲勒经过一段时间考察,他回到了克利夫兰,建议商人不要在原油生产上投资。三年后,原油一再暴跌之时,洛克菲勒认为投资石油的时候到了,这大大出乎一般人的意料。他与克拉克共同投资 4000 美元,与一个在炼油厂工作的英国人安德鲁斯合伙开设了一家炼油厂。安德鲁斯采用一种新技术提炼煤油,使安德鲁斯 - 克拉克公司迅速发展,1879 年年底,标准石油公司已控制了 90% 的全美炼油业。1880 年,全美生产出的石油,95% 都是由标准石油公司提炼的。有史以来,美国第一次出现一个企业能如此完全彻底地独霸市场。

正当此时洛克菲勒的律师多德提出了"托拉斯"这个垄断组织的概念。在多德的"托拉斯"理论指导下,洛克菲勒合并了 40 多家厂商,垄断了全国 80% 的炼油工业和 90% 的油管生意。1886 年,标准石油公司又创建了天然气托拉斯。标准石油公司最后定名为美孚石油公司。托拉斯则迅速在全美各地、各行业蔓延开来,在很短时间内,这种垄断组织形式就占了美国经济的 90%。洛克菲勒成功地造就了美国历史上一个独特的时代——垄断时代。

敏锐、创新、勇敢、节俭成性的同时洛克菲勒还是慈善家。他赞助的医疗教育和公共卫生是全球性的。他一生直接捐献了 5.3 亿美元,他整个家族慈善机构的赞助超过了 10 亿美元。中国受益尤多,接受的资金总额仅次于美国。1915 年,洛克菲勒基金会成立中国医学委员会,由该委员会负责在 1921 年建立了北京协和医科大学,这所大学为中国培养了一代又一代掌握现代知识的医学人才。

只身一人从零开始,我在纽约拜访了诸多世界知名企业,摩根·士丹利、高盛、彭博、标普、谷歌、戴德梁行、哈佛大学、耶鲁大学、哥伦比亚大学、新帝国地产、跨富地产、Wework、NBC 电视台……后来我经常想，为什么在纽约可以经历这些实践？除了主观努力之外，纽约这个城市还有哪些特质激发了我们的内心？这些经历也让我认真思考：人到底该不该给自己人为地设定界限？

在对美国企业的考察中我有一些感触和启发，首先让我耳目一新的是美国企业的办公环境。每一家公司的共享空间都很大，员工食堂、茶水间、健身房、休息区的空间宽敞而舒适。谷歌的员工阅览室很特别，

周末谷歌的健身房里员工带着孩子玩耍

在这个偌大的现代互联网企业中竟有这样一个古典怀旧的安静场所：木质和真皮混搭的古典风格沙发，宫廷式的装修风格，在图书室的四面是高高的书墙，图书室中间有可以容纳多人的共享阅读空间，也有独自一人落座的写字台角落。墨绿色的空间里，坐在古老情调的台灯前仿佛进入了 19 世纪的城堡，而几面书墙的神秘感也更加让人放松。在巨大的书墙上有一个秘密开关，按下按钮整面墙壁竟然可以自动旋转打开，当书墙转动开来，惊喜出现了，后面是一个隐秘的个人休息区，这样神秘的阅览室我还是第一次见到，真是神创意！谷歌的 barbecue 烧烤区十分宽敞，可以开一个容纳百人的烧烤派对。偌大的健身房简直就是一个小型的游乐场，那天正好撞见谷歌的员工带着孩子在里面玩耍，这样的办公室足够有新意也足够贴心。而最让我目瞪口呆的还不止这些，在谷歌里随处可见睡床，办公室里几乎随便在哪儿都能舒服地打个盹儿，朝向海边靠窗的位置放置了一排草绿色的单人沙发椅，人们可以靠在沙发上一边晒太阳一边远眺哈德逊河。

另一个显著特点，公司非常重视企业的历史和文化，很多公司都会有一个精心设计的卓有特色的企业发展大事回顾展示窗，会有一些见证公司历史演变的老古董。在彭博的两个办公区域中间间隔的区间里，就有一面玻璃展示窗，里面陈列了几台"骨灰级"的计算机，彭博的历史也在讲述信息技术和数据历史的演变进程。在 NBC 电视台的走廊里也有类似的展示走廊，经典的老电影的剧照，明星的照片陈列在走廊的两旁，走过这条走廊仿佛见证了美国传媒业的兴衰沉浮。越是创新越发感恩历史，越是看到人类文明进步的惊人与神奇。办公环境中另一个让我觉得有意思的细节是，美国的企业很少有因为职位等级而特别设置的豪华办公间，在电视台，在彭博、谷歌……老板和员工是坐在一起的，两个人的职位是上下级，但是办公座位却是同桌紧挨在一起。美国公司里员工的办公桌通常摆放很多个人的小饰品，某电视台的员工办公桌上有自己台里出品的动漫卡通人物的布偶，企业中员工的办公桌上摆放很多与家人的合影。总之在对美国企业的考察中,办公环境有着共同之处,就是工作关系的平等性的体现,正是这种没有分别的原则激发人们的最大潜能。员工娱乐、餐饮、健身、阅读等区域占据了办公空间相当大的部分,员工真的可以一整天很舒服地泡在办公室;企业文化在办公环境的每一个角落和细节清晰可见,企业荣誉感十分强烈;这样的平等、开放、人性化的企业文化也正是这些巨头公司之所以在全球行业内成为领军者的重要内因。

Union Square 附近公园里,人们正在学习中国功夫

在对美国这些巨头公司的考察中还有一个感触,就是企业的团队精神、企业荣誉感十分饱满。在对戴德梁行公司的几次访问过程中,直到见到公司的董事、副总裁以及小洛克菲勒先生,整个团队的每一个人都在语言和行动上保持了对团队中其他每一位成员的高度认可和尊重。在对华尔街投行公司的拜访中,签约的时候我和该公司的经理签署,但签署协议过程中,非洲裔同事、欧洲裔同事和华人员工之间协作和互相的支持胜于言表,也给我留下了深

刻的职业印象。在摩根·士丹利的几次拜访中，无论是与公司其他员工的沟通，还是回中国前与公司总裁的碰面，整个公司上下对其中某一位员工的支持和信任是充分的。在谈到公司全球性业务的时候，大家对团队中成员的分工介绍十分自信，美国的企业更加现实地诠释每一个人都是一个战场上的战友，每个人都是这个大家庭的一分子。

在对美国知名企业的考察了解中还有一点发现，就是这些企业中的成员通常是以全球视角来看待问题。在摩根·士丹利我们探讨一个地产基金产品，公司独家代理黑石的产品，涉及欧洲的房地产市场，也涉及中东的资源市场或者其他；在NBC电视台，很多记者并不是工作在美国，也并不一定会讲英文，全球化的视角奠定了企业的高度和前景，而这些有趣的构成正是美国多元化土壤里生长出的绮丽的花。

在对美国企业的考察中还有一件事儿让我感到惊奇，就是我没有发现在公司里面加班加点没日没夜的工作狂！华尔街投行公司的员工专业有素，但是下班时间一到座位上便空无一人。在摩根·士丹利担任高管的华裔大姐，下班和业余时间还是认真打理好家庭生活，照顾好孩子和老公，尽管是这样的大公司，并没有因工作而排挤生活的痛苦现象。其实这也不难理解，一个人的家庭和睦，身体健康，生活有更多的留白，能量反而可以得到充分激发。

到纽约之后我珍惜一切可以了解房地产和金融行业的学习和交流活动，同行业的朋友也渐渐多起来。通过许多热心朋友的介绍，我加入了纽约一些房地产行业的组织和协会，在这些平台中认识了不少在美国房地产和金融行业工作的华人和美国朋友。在认识新朋友的同时我也给自己设定了目标：尽可能多地去拜访这些美国的同行，到他们的公司里面去看、去听、去沟通、去了解，了解和学习在美国的这些房地产企业或者金融机构的行业规则，也向朋友们介绍了我在中国工作的这些年里的心得体会。这个过程既是一个学习新知的过程也是一个在中美之间交流实践的过程。我从一个初来乍到的新人渐渐变成了一个认识和了解美国企业的调研员，从一个考察者演变成一个让大家可以真切了解中国的小窗口，友情的收获和视野的拓宽，国际化和专业性的提升，这一切让我越来越快乐，越来越着迷这样的实践和探索。

在拜访考察的诸多公司中，戴德梁行就是其中一家。戴德梁行是一家国际化超级航母级的地产行业服务公司，该公司在全球65个国家和地区设有分支机构，为全球的企业在房地产开发、投资、租赁及后期的物业服务等诸多方面提供专业服务，全球有上百家知名企业是他们的客户。在中国，华为、海航、中信等企业也和戴德梁行有良好的合作关系，世界巨头洛克菲勒家族与该公司也有紧密的合作，该公司在特朗普当选总统后也承接了新一届政府的一些政府工程项目。

与这家公司结缘要追溯到我初到纽约那会儿，只有短短的几天时间，在一位朋友的介绍之下我加入了一个美国房地产行业的组织，而这位朋友是该组织的创始人之一，大家虽素不相识，但在中国我们有一位共同的地产行业的恩师姜新国老师。加入这个地产协会之后，我向协会每一位成员发信息，大致介绍了我在中国的媒体和房地产行业的从业经历，表达了在美国希望与美国的媒体和地产行业朋友多沟通的意愿，消息发出后，一时间得到了很多朋友的关注。后来我总结原因，美国的专业平台中以美国的行业资源为主，大家的共性资源都在美国，然而大家对中国，尤其对近些年瞬息万变、发展迅速的中国了解并不多，我的出现让很多人非常感兴趣，许多朋友热情地给我发信息、发邮件，沟通彼此在中国或者美国的从业经历以及自己所了解的当地房产行业情况。在这些朋友之中就有一位在戴德梁行工作的女孩，她也是在这些朋友中表现得最为热情和主动的一位，我记得最开始她发语音信息给我，介绍了她自己，然后开门见山地说在中国和美国的房地产领域会有非常多的互补和合作的机会，非常希望和我多交流。

一个星期后，在一次行业晚餐聚会中，我们偶然遇到了。那是我和几位房地产公司小伙伴在纽约的第一次碰面，正巧她也在，大家有共同

作者调研美国联合办公 We Work

的朋友，都是 80 后，都是华裔，不同的是他们在纽约生活已久，我刚刚从中国来。在这次聚餐后，我们又在另一次金融行业的派对活动中偶遇，每一次相遇都会有许多共同话题和专业分享，而在之后的交往中，这位朋友除了专业和敬业的态度让我欣赏之外，她身上踏实务实不浮夸不虚荣的品质也让我非常敬佩。

两个星期左右，我逐渐适应了电视台里的实习节奏，开始约访和考察纽约的美国企业。其中首先想到的公司就有戴德梁行，听到我要来他们公司考察，朋友 Jennifer 非常高兴，我也很兴奋。记得那天从电视台的直播节目结束后赶去他们公司，我的主播妆还没有卸，从电视台到他们公司比较方便，纽约的主要金融办公区域都集中在中城和下城，戴德梁行也不例外，办公楼前矗立着高高飘扬的美国国旗。透过古铜色的玻璃转门可以看到一楼的宽敞大厅，镂空吊顶很宽阔，大理石的墙面和地砖反射暖黄色的灯光，古典与现代的味道共同融合在建筑中相得益彰更显时尚。大楼的电梯分为四个区域，不同层高对应不同的电梯，一位高挑俊朗的工作人员站在电梯入口处，门卫根据我到达的楼层帮我按下电梯，电梯的静音效果非常好，内部装修简洁且材质细节考究。走进戴德梁行公司，Jennifer已经在电梯口等我，一进门，她就带我径直向办公间走去，灰色柔软的地毯让人缓解了紧张和压力。Jennifer忽然又问我要不要先带我参观一下，我说好啊。我们围绕整层办公区域的外周慢慢走了一圈，经过公司的茶水间，可以多人同时用餐的木质长桌让人感觉很放松，咖啡机可以自助做不同口味的咖啡，零食和水果可以自取。这里虽然是全球知名的企业，但在公司的墙壁上并没有太多公司企业文化的装饰，比较简约，在办公间门口的中间间隔处挂着电视机，实时播放着当天新闻，办公室的隔断统一是落地玻璃，靠近窗边的一周是单独的办公间但面积都不是很大，中间的一些区域也有开放式的办公区域，总体讲这家公司比我在其他的一些美国公司看到的办公环境略微私密了一些。我们一边走，Jennifer一边向我介绍这家公司的历史和业务，谈到目前该公司在全球60多个国家和地区设有办事机构和分公司。参观完公司，我们到咖啡间坐下来，朋友回到办公间特地帮我拿了一本公司简介，公司的历史、业务范围、团队介绍以及中国客户的一些项目案例，非常齐全。我注意到这个介绍是中英文双语的细节，在这本公司介绍的最后一页附加了一张简单的指示图，分列了纽约的20个商业区，后来照着这张指示图我走完了纽约的这20个商业聚集地。

第二次去戴德梁行公司前我做了一些功课，研究了这家公司的介绍，该公司为中国的一些企业在海外置业投资带来了收益，通过这家公司调研评估让中国企业在美国的项目收购成本降低了不少，为中国企业在美国提供规范的物业管理服务，为中国企业在美国的投资从成本节约、项目甄别、投资进程跟踪、后期的物业管理等,提供"一条龙"细致配套服务,并且拥有全球资源,这些信息让对这家公司产生了浓厚兴趣。之后我又专程到这家公司拜访了七八次,每一次对这家公司都有了更深入的了解,对方也对我在中国的经历了解了更多。在2016年年底的最后一次拜访中,也是继上一次的拜访我提出想录制一些工作视频带回中国,我得到了这家公司管理层的支持。朋友Jennifer,戴德梁行的执行董事、总裁,以及在该公司的洛克菲勒先生出席了会晤,支持我完成了会议视频录制,这让我非常感动和感激。我想这一方面是由于我们之前的友好互动,另一方面也是因为在中美之间存在互相学习、相互支持的需要。

大师总是谦和的,记得会议结束我们走出会议室,洛克菲勒先生经过门口为我们两位女士拉住玻璃门,这个细节让我印象深刻。在会议中执行董事认真介绍了公司的历史和业务范畴,我向对方提出了几个中国投资人会比较感兴趣和担忧的问题,洛克菲勒先生和董事分别详细回答了我的问题。在后来回到中国与朋友们分享这家公司情况的时候,大家也非常感兴趣!时间印证了专业,细节也创造了机会,在美国遇到了不少同行业的大师级朋友,他们让我更加坚定了在中美两国之间会有越来越多的沟通与合作的信念。

☞ **实践:**

回到中国和朋友们分享在美国的经历,晨光老师曾经调侃说我是一个在华尔街上敲门儿的人。哈哈,"敲门儿"这个词儿我很喜欢。首先这是一个动词,并且这个词是主动的动词,敲门的时候并没有看到门里面的世界,既充满好奇又带着勇气,敲门就有可能被拒绝,然而我又是个厚脸皮不怕被拒绝的人。

想到这里,我觉得自己除了要感谢美国纽约的包容和开放之外,我还应该感谢在纽约曾经帮助过我的华人朋友们。大家和我分享了很多自己在美国打拼奋斗的经历、经验，为我介绍了许多学习和合作的机会，如果说2016——2019年我在美国纽约横冲直撞到处敲门儿，那也是因为遇到了你们这些指路人。

16

邂逅在美国你无须躲避

在纽约,每一天都可能邂逅发生故事。迎面走来的陌生人从身边经过大赞一声"Perfect","Nice shoes"或者招呼一声:"How are you?",我也会很愉快回应"Hi, fine. Thank you!"。

在法拉盛附近的考罗纳公园正在进行一场橄榄球比赛,嫩绿的草坪可爱极了,在我看完比赛转身离开的时候,一个大男孩从身后追了上来。被太阳晒得黝黑的皮肤,蓝白条纹球衣,大眼睛害羞地闪着光,他伸出手和我握手,能够感觉到他的紧张和热情,他开始自我介绍起来:"I am... May I have your phone number?"愉快的天气,愉快的邂逅,我们互相留了电话号码,暖心的是大男孩儿拿出一瓶矿泉水塞在我手里,害羞地说天气热请我喝水,然后转身跑开一边跑一边喊"I will call you, Helen"。不管这个男孩是否适合发展朋友,但一个陌生人用这样大胆真诚的方式打招呼,女孩很难拒绝。

在纽约遇到的人,我们不会刻意追求语言相通,因为大家本来就来自不同的国家,不同的背景,反而是不同的文化,差异的性格才是吸引对方的优点。在美国,我很喜欢把自己打扮得很中国,在国外我更加迷恋东方特色,我喜欢白里透红的妆容,喜欢乌黑的长发,东方气质的举止和神情,在这里不同地域的特色会更容易被凸显。

鬈发、小麦肤色、圆圆的大眼睛、鹰钩鼻子、比我高出两个头的

Hold 住：中国女孩 183 天美国行

邂逅墨西哥大男孩，他带我偷听了纽约老火车站的秘密

个子、白衬衫，这个大男孩来自伦敦，毕业于耶鲁大学，目前在纽约的一家银行工作。那一天我从第五大道逛过来，在14街的露天广场休息，午后的阳光把身上每一寸温暖得软软的，路边席地坐着来自印度的宗教信徒，他们歌唱着，广场上和我们一样悠闲散步的鸽子。我很自在地晒在阳光里。这一处闹中取静的广场也是在纽约我非常喜欢的地方之一，英国人高挑的身高、雪白的衬衫在人群中很扎眼，两只手臂从背后撑在身后的铁栏杆，右腿在前站成"剪刀腿"，他看见我忽然站起身，朝着我笑起来，我也对他微笑。广场中央两个非洲裔小伙子和一个非洲裔女孩拉起小提琴，女孩一边拉小提琴一边扭动着腰肢，十分丰满的臀部在音乐中扭动。琴声中，"白衬衫"向我走来，站到我身旁和我打招呼，"Hi"，我仰着头，

追踪直播美国大选来到圣路易斯酒店里微醺的小酒吧

白宫的春天

热爱鸟类的大男孩

"Hi",然后我们在公园一起散步。他和我讲起了他来到纽约这几年的故事,最有趣的是我们几乎可以全部用中文交流,他的发音虽然有点儿奇怪,但彼此都明白对方的意思。几年前作为耶鲁大学的交换学生他曾经到北京大学学习过一段时间,那时候他学习了中文。从公园走出来,马路对面是一家书店,他向我推荐这是一家非常不错的书店,我向来抵抗不住书籍的诱惑,欣然前往。这是一家足够宽敞的书店,共有三层,狭窄的扶梯把我们送到顶层,我请他帮我挑选了一本学习英文的工具书,然后我们在边上的咖啡吧坐了下来,陌生但又好像老朋友,我们也会聊到中国、北京,也会聊到我没有去过的英国,他没有去过的希腊,邂逅的乐趣对我而言美妙在于让我知道不同纬度的世界。这位可以讲蹩脚的中文的英国人成了我的好朋友,之后我们还一起游玩了诗丹顿小岛、纽约现代艺术博物馆等其他地方,英国帅哥时常关心我在电视台的工作情况,鼓励我要加油努力。因为他的眼睛很圆,浓黑而粗密的眉

16 邂逅在美国你无须躲避

毛,很喜欢笑,我给他起了一个绰号叫"憨豆先生"。

总统大选第二轮辩论在圣路易斯的华盛顿大学,当晚我入住的酒店是当地有名的一家古老酒店,美式乡村的情调像一个古老的城堡。酒店大门外是淡黄色石子砌成的矮墙,绿色藤蔓植物蜿蜒垂吊,盛开着舞动的红色花朵。与真人等大的两个胡桃夹子木偶立在酒店门口的两旁,让这个酒店的木头大门增添了一丝神秘和童趣。因为一天的大选直播,我很晚才回到酒店欣赏这里的一切,惊喜发现在酒店大堂尽头是一个古堡式的小酒吧,石头砌成的墙壁,黑色的铁丝吊灯,木头桌子和印花沙发,昏暗灯光中,我走到吧台坐下。吧台边上几个男人喝着啤酒聊得很热闹,酒吧里人不是很多,和白天里大选辩论的气氛完全不同,在我身后的一个沙发椅上面对面坐着两个年轻的男子,他们身材健美,五官俊朗,穿着十分得体。我想这两个人应该是很熟悉的朋友,聊得如此开

美国纽约著名的布鲁克林大桥,很多新人在这里拍摄婚纱照

127

心，我在吧台坐下来，调节这一天里紧张而刺激的神经。漂亮的女侍者告诉我这里最有特色的是当地的一种啤酒，大概就是边上的男士们喝的这种，于是我也来了一大杯，女侍者乌黑的长发飘在胸前，她打开龙头阀门帮我接了一大杯黑色啤酒，边上的男士上来和我碰杯，电视机里正在播放棒球比赛，后面座位上的帅男子从我身后走过来，他很热情地打招呼，我们握手，然后他邀请我和他的帅朋友一起坐。酒吧在十二点钟打烊了，我们从小酒吧挪到酒店的大厅里，与其说是酒店大厅不如说是个古董展厅，或者某个古老家族的客厅，壁炉上放着雕塑工艺品，墙壁上是古老的油画画像，皮质的沙发座椅非常贴合身体，大厅里随性地放置着一些动物标本，尤其一只真熊标本，让人感觉走进了猎场。淡黄的大吊灯下，三个年轻人开心地聚到一起，白色皮肤的男子是美国一家媒体的记者，今天来这里也是跟踪报道大选事件，另一位黑色衬衫的美男子是华盛顿大学的教师，就居住在这个城市里，两人是中学时代的同学。白色皮肤的男子坐在我的正对面，黑色衬衫的男子坐在我的右手边和我同一条长沙发的另一头儿。我们聊到当天的竞选辩论，他们和我谈到希拉里是他们的校友，白色皮肤的男子告诉我希拉里是他们的学姐，说到这里白色皮肤的男子忽然问我，"Helen，你觉得谁会赢？"气氛瞬间变得严肃，现在回想起来，我很惊奇那一天我的回答，我很平静地对他说："不管是川普当选还是希拉里当选对我而言都没有什么特别，但是不管是谁当选美国总统都无法改变中国的日益强大。"话音落下，空气陷入了凝固，在白色皮肤男子的眼神里我读到了一丝震惊和一丝好感！在这次见面之后我们再没有遇见，我回到了纽约，白色皮肤的男子去了芝加哥，黑色衬衫的男子继续在圣路易斯，直到大选结果出来的当晚，我收到了白色皮肤男子发来的信息，意思是说恭喜你，你说对了之类的，他还说我们永远都是朋友，哪怕两个国家爆发战争也不会改变我们的友谊。我回复了他的信息，我告诉他如果有一天我们两个国家爆发战争，你将不再是我的朋友，我们都不希望有战争。美国中部的古老城

16 邂逅在美国你无须躲避

新泽西遇见曼哈顿

堡里，大选辩论的夜里，一次有趣的邂逅。

大选辩论第二天，我来到了 Ohio，追踪希拉里今天在这里的竞选造势活动。又是一整天紧张刺激的直播，晚上回到酒店我准备出去透透气。搭乘计程车是第一次到一个城市最好的逛街方式，兜兜转转之后，我让车子在一个街角停下，偌大的庭院里飘荡着秋千，忽明忽暗的串串小灯隐约在草丛里，仿佛散落的星星，酒吧落地窗虽然离路边还有一段距离，但仍然看得见里面的人在打桌球，一个很浪漫欢乐的酒吧。然而接下来的时间里我因为没有带护照不能证明我到了法定可以饮酒的年龄，不得不返回酒店，取回护照，我把护照重重地撂在吧台上，炫耀我的年龄，服务生乖乖地为我送上一杯红色马提尼。握着鲜红的酒杯，我满意极了，再有一场桌球赛才完美。吧台对面的男人，棕色鬈发，大眼睛、白色皮肤，穿着休闲，窝在他自己的手臂里，他看着我，然后走到我身边，问我要不要来一场桌球比赛。正是我想要的，他是位鸟类研究专家，球技非常棒！比赛结束，热情的人要亲手给我煮饭，那天晚上鸟类研究专家烧了一份三文鱼炒饭给我，有人亲手煮饭味道总是很特别。他给我讲了很多他从前的故事，他在美国出生但不是这个城市，为了上学他来到这里，他在希拉里演讲的这所大学攻读鸟类博士学位，是一位鸟类研究专家，从小到大他最喜欢小鸟，以研究鸟类为最大的快乐，而他已经专注研究鸟类有十几年了。他打开电脑给我看了十几年来他拍摄的鸟的照片，在他的世界里，鸟和人没有不同，有语言有情感。他教给我一个快速辨识鸟是雌性还是雄性的方法，后面的照片，我一眼就看出来那只鸟是雄鸟还是雌鸟。认识这个朋友让我的脑洞再一次拓宽，真的有这样美丽的人儿，纯粹得不问世事，一心研究自己钟爱的事物，比如一只小鸟儿。

☞ **实践：**

从一个人如何对待家人、爱人和身边的人可以了解到一些这个人的内在品德，然而从一个人如何对待陌生人也能从另一个维度了解一个人的教养和习惯。放大来看一个城市乃至一个国家，如果在这个地方你可以和遇到的陌生人之间，和路人，和外在的公共关系和谐相处，那么这个环境应该是和谐的。想到这些，那些在公共场所的井然有序，在共同空间里的互敬互让该是多么简单！

在纽约我养成了一个新的习惯，就是和陌生的路人问好，和迎面走过的人相视微笑，公寓楼下见到邻居时暖暖地问候，和出租车驾驶员微笑聊天，和在一天里遇到的、接触到的每一个陌生人友好地问候，这一点是我对纽约给予我的友善的回赠，正所谓入乡随俗啊。

17

走进美西万花筒,我们都像孩子一样

好莱坞是个时尚与科技的结合体,而它的得名却是源自一对房地产开发商夫妇的爱情。18世纪中,这片印第安人的乐土,第一次有来自墨西哥的人们定居在此,房地产开发商的庄园为其夫人改名为好莱坞庄园。1958年好莱坞星光大道开始建设,这里逐渐成为全球的音乐电影产业中心,拥有世界顶级的娱乐产业和奢侈品牌,引领并代表着全球时尚的最高水平。梦工厂、迪士尼、20世纪福克斯、哥伦比亚影业公司、索尼公司、环球影片公司、WB(华纳兄弟)、派拉蒙等这些电影巨头,还有像RCAJ Ⅳ E Interscope Records这样的顶级唱片公司都汇集在好莱坞,这里成为全球时尚和科技创新的风向标被世人模仿。

硅谷不是一个行政区划地名,在地图上一般不做标注。起先仅包含圣塔克拉拉山谷,主要位于旧金山湾区南部的圣塔克拉拉县,之后逐渐扩展到包含圣塔克拉拉县、西南旧金山湾区圣马特奥县的部分城市以及东旧金山湾区阿拉米达县的部分城市等地。当地一直是美国海军一个工作站点,并且海军的飞行研究基地也设于此,后来许多科技公司的商店都围绕着海军的研究基地而建立起来。但当海军把它大部分位于西海岸的工程项目转移到圣迭戈时,NASA接手了海军原来的工程项目,不过大部分的公司却留了下来,当新的公司又搬来之后,这个区域逐渐成为航空航天企业聚集区。

那个时候，此地还没有民用高科技企业，虽然这里有很多好的大学，可是学生们毕业之后，他们却选择到东海岸去寻找工作机会。斯坦福大学一个才华横溢的教授弗雷德·特曼（Frederick Emmons Terman）发现了这一点，于是他在学校里选择了一块很大的空地用于不动产的发展，并设立了一些方案来鼓励学生们在当地发展他们的"创业投资"事业。在 Terman 的指导下，他的两个学生威廉·休利特和 David Packard 在一间车库里凭着 538 美元建立了惠普公司（Hewlett-Packard）——一个跟 NASA 及美国海军没有任何关系的高科技公司。这个车库现已经成为硅谷发展的一个见证，被加州政府公布为硅谷发源地而成为重要的景点。1951 年，Terman 又有了一个更大的构想，那就是成立斯坦福研究园区（Stanford Research Park），这是第一个位于大学附近的高科技工业园区。园区里一些较小的工业建筑以低租金租给一些小的科技公司，今日这些公司是重要的技术诞生地，可是在当时还并不为人所知。最开始的几年里只有几家公司安家于此，后来公司越来越多，他们不但应用大学最新的科技技术，同时又租用该校的土地，这些地租成了斯坦福大学的经济来源，使斯坦福

冬日里的美西旅行 （2016）

大学不断兴旺发达。Terman 在 20 世纪 50 年代决定新的基础设施则应以"谷"为原则而建造。

正是在这种氛围下，一个著名的加利福尼亚人——威廉·肖克利搬到了这里。威廉的这次搬家可以称得上是半导体工业的里程碑。1953 年由于与同事的分歧而离开贝尔实验室。离婚之后孤身一人回到他获得科学学士学位的加州理工学院，

拉斯维加斯的丰盛晚餐（2016 年）

在 1956 年他又搬到了距他母亲很近的加利福尼亚山景城（Mountain View）去建立肖克利半导体实验室。在这之前的时期，尚未成型的半导体工业主要集中在美国东部的波士顿和纽约长岛地区。为了公司的发展，他特意从东部招来八位年轻人，这其中就有诺宜斯、戈登·摩尔、斯波克、雷蒙德。

威廉·肖克利打算设计一种能够替代晶体管的元器件来占领市场。但在考虑设计得比"简单的"晶体管还要简单的这个问题时他却难住了。被困难难住的肖克利愈发变得偏执，他要求对职员进行测谎，并公布他们的薪金，这些事情惹恼了大家。1957 年，那八位优秀的年轻人集体跳槽，并在工业家 Sherman Fairchild 的资助下成立了仙童半导体公司，仙童半导体公司总部位于纽约市，主要经营照相机。

由于诺宜斯发明了集成电路技术，可以将多个晶体管安放于一片单晶硅片上，使得仙童半导体公司平步青云。而 1965 年戈登·摩尔总结了集成电路上面的晶体管数量每 18 个月翻一番的规律，也就是人们熟知的"摩尔定律"，这一定律虽然只是由 20 世纪 60 年代的数据总结而成的，但是直到 21 世纪最初的那几年却依然有效。

这种事情又不断地上演，脱离控制的工程师不断地建立新的公司。1967 年年初，斯波克、雷蒙德等人决定离开仙童半导体公司，自创国民半导体公司（National Semiconductor），总部位于圣克拉拉。而 1968 年仙童半导体公司行销经理桑德斯的出走，又使世界上出现了超威科技（AMD）这家公司。同年 7 月，诺宜斯、戈登·摩尔、安迪·葛洛夫又离开仙童半导体公司成立了英特尔公司。今天的英特尔公司是世界上最大的半导体集成电路厂商，占有 80% 的市场份额。

1981 年对仙童公司来说就是噩梦的开始。这一年，设在圣何赛的芯片厂发生有毒溶液泄漏，于是公司不得不花费 1200 万美元来更换土壤和监测水质。从此，公司开始走向下坡路，最终销声匿迹。但是人们不会忘记它在硅谷历史上所做出的贡献和对于开发单晶硅片的丰功伟绩，由仙童半导体公司雇员所创建的公司在硅谷乃至全美国已超过百家。

硅谷和好莱坞传奇吸引越来越多的人来到这里，美国西部不仅是一个创新的摇篮，也成为全世界人们来到美国的一处旅行胜地之选。

拉斯维加斯是一个娱乐之城，据说是世界上让人最想结婚的地方。拉斯维加斯给我的印象不仅如此，在这个从东到西几乎开车可以在一小时内往返的小城里，却汇聚和微缩了世界各地的标志性建筑，一路走来，惊喜不断，威尼斯贡多拉在这里悠扬地歌唱，法国埃菲尔铁塔宏伟矗立，埃及金字塔，纽约布鲁克林大桥，迪士尼乐园，虽然是"山寨版"，却仍然让人惊叹。拉斯维加斯大峡谷的嶙峋山岩，峡谷中的蜿蜒长河，宛若宝石一般湛蓝的湖泊，这里放肆地展示大自然的鬼斧神工。直升机降落在大峡谷的深处，在山壑奇景中我拍摄了一段奇特的视频秀。

17 走进美西万花筒，我们都像孩子一样

拉斯维加斯有个威尼斯 （2016 年）

在好莱坞影城和星光大道的经历着实有趣，这一次在好莱坞我有了一个新的人生突破，从来不敢坐过山车的我竟然把这里的所有过山车坐了一遍，原因竟然是为了陪两个小孩子。那一天我发现，孩童勇气来得纯真也最有能量。体验人生的心态更多时候应该向孩子学习，简单，勇敢尝试新事物。好莱坞星光大道并非我想象的大红毯景象，这就是一条城市里的街道而已，不同的是道路上红色星星的印记，每一颗五角星上镌刻着一个巨星的名字，他们永远相伴、见证着光影的经典。

十三里湾的海岸线波涛汹涌极不平静，绵长的海岸让人敬畏大自然。海边的礁石，与海面上凸起的岛屿遥遥相望，鸟儿在海面上的岛屿之间盘旋飞翔，夕阳之下，迅猛的海面也变得羞赧，海面被阳光温暖着，倒映着夕阳的红色光辉。那一天我们驱车在海边的公路上行驶，无边际的海岸线从身边流过，海浪在身后追赶，就好像是时光在身后流逝一样。在美国西部有欧洲乡村一般柔和的小山，绿色的小山不是很高，山顶之下是黑色的牛群，画面是大面积的绿，大面积的蓝，星星点点的牛群仿佛走在画里。这些可爱的画面都曾经让我惊奇，让我感动。

旧金山、洛杉矶是美国西部著名的城市，象征美国智库的硅谷就在旧金山湾的南部，世界著名的巨头公司落户在此。这里不但集中了斯坦福大学、宾夕法尼亚大学等美国高校的人才资源，成为集合了人才、科学、生产于一体的奇迹孵化地，而且多年来硅谷早已声名远扬。在这里的创业企业总是最能吸引来自世界各地的投资客，这一片土地也最能吸引来自全球的勇敢的造梦者。而这个部分才是美国西部最吸引我的地方。来到硅谷，这儿并没有我想象中的奇形怪状的大楼，相对于纽约，这里不算热闹和繁华，旧金山市中心也没有密集的摩天大楼，土灰色的色调甚至让人不能感受到究竟这里为何可以诞生那些伟大的公司。在斯坦福大学的时间只有短短几个小时，匆匆地游览了学校校园，印象和哈佛大学、耶鲁大学完全不同。这里的建筑设计多处可见圆拱形状，学校的色调是略微棕红色又拌杂着泥土的黄色，走进学校扑面而来的就是泥土的气息。一些建筑的外立墙面绘制了色彩鲜艳的宗教故事图画,让这个校园多了神圣和庄严。

金门大桥红色的筋骨有着一股子活力,在桥上奔跑是享受人类的一项奇迹。站在船上,我将身体贴近海面,再和它挥手,看着它的身躯从头顶刚毅地跃过,加利福尼亚的自然风光同样在表达人类的勇敢。如果把美西比喻成一位女子,她秀外慧中,既拥有美貌也拥有智慧。去加州的这天纽约下起了雪,2016年冬天里的第一场雪,从房间里望出去一片片雪花,就好像梦里的童年一般。记得也是这样的一个下雪天,童年的我出门去接父亲下班回家,竟然因为大雪我们经过同一条马路而没有看见彼此。那天,我仔细地记住了雪花是什么模样儿,那落在肩膀、袖口的六个角的小东西……推开门,我把行李箱拖到路边,路上已经积满了厚厚的雪,司机师傅下车帮我放好行李箱,很幸运,虽然这一天即

飞越大峡谷 (2016年摄于拉斯维加斯)

将到加州旅行,还是没有错过纽约下雪的样子,美好得有点像儿时的故乡。

飞往加州的飞机上,坐在我左手边的是一位美国白人,礼貌问候之后,他很绅士地帮我接过空姐送来的饮料和小食。后来我们聊天知道,他的妻子是一位华人,应该算是二代移民,妻子的母亲在年轻的时候偷渡到美国附近的小岛,一同来的同伴最后都没有活下来,只有他妻子的母亲幸运地活了下来,之后一直生活在美国,生下的女孩后来成了我身边这个男人的妻子。他给我看自己的女儿和儿子的照片。小女孩儿穿着白色的纱裙,在外婆怀里开心地笑着,外婆穿着红色的唐装,抱着孩子们满脸幸福,完全看不出是一位历经悲怆沧桑的老人。这个时候我心里忽然很感激这位美国男人,他给了这几代有华人血统的人们温暖的家庭,爱的港湾,我也很感激他分享他的幸福给我。飞机降落洛杉矶,我们握手说再见!

我和迈克尔·杰克逊的印记 (2016年摄于好莱坞星光大道)

洛杉矶是一个妖娆妩媚的城市，在我的想象中这个城市里的女人定是丰乳肥臀、金发碧眼的，街上哪怕有一滴答的水滴声，都会成为狂野的爵士舞曲。这里气候明显和纽约不同，连绵的小山郁郁葱葱的绿色好像柔软的地毯，有些树木连成树林，有些树木零零散散，阳光下草地上躺着树木的影子，这里的树木不是很高，树冠圆圆得很丰满，山坡上，时不时地会看到慵懒的牛群，黑色的奶牛的皮毛在阳光下油灿灿发亮。第一站，我们来到的是洛杉矶的一处海湾，尽管没有波涛汹涌的巨浪，湛蓝的天和湛蓝的海连着，好像被树林剪开一个角落于是就有了这一处沙滩，其实在这里的一瞬间，我已经对加州满怀感恩了……那一刻的心动这一生也很难忘记，这个季节的加州不是很热，阳光正暖暖地照耀在身上，穿过街道和路边的油画摊，蓝色粼光的海面浮现眼前，我有些贪婪这一片阳光，脱下外套，尽情地让温柔的阳光亲吻我的肌肤，沿着海边迎着阳光我向前缓缓走着。远远的一群海鸥，它们一起向不远处飞去，又弯成一个圆圈飞回，盘旋。它们离我越来越近了，我打开双臂，心也打开，面对海面，闭上眼睛。当我睁开眼睛的一刻，我被眼前的景象惊呆了，海鸥正团成一个巨大的圆环盘旋在我的头顶，它们拍打着羽毛上的阳光，这是一顶白颜色的"草帽"，草帽镶着银边儿，我仰起头，它们一个一个和我贴面而过，鸟儿张开了翅膀。"你们可以听得到我的心跳对吗？"我和海鸥一起慢慢旋转着，慢慢地送它们远去……这一刻，就在初到加州的第一个清晨，我感到莫大的喜悦！世上的万物都有感应……

傍晚我们来到加州的另一处海湾，却是完全地不同。大巴即将行驶到著名的十三里湾的时候，导游和我们讲了一个故事，几十年前这一处海湾沿岸的土地属于当地的一个商人，这个商人去世后，他的妻子以500美元的价格将整片土地卖给了人，几经转手后，这片土地被现在的土地开发商拥有，并进行了全新的规划和建设。现在的十三里湾海滩是美国最负盛名的海湾旅游区，周边的别墅区，度假区房子的价格不

少年（2016 年摄于十三里湾）

菲！车子逐渐接近海湾，我们穿过别墅区，这片海岸没有清晨海边的恬静，它看上去汹涌强壮，深蓝色的海面与夕阳的橙红色形成强烈对比，但它们同样地热烈。夕阳的红色越来越浓郁，仿佛一位少妇的情欲，红色慢慢向天边晕染开，夕阳的轮廓仿佛一面镜子映照着美丽的海面，又或者是它们彼此不服气，互相炫耀着自己的光辉。阳光即将逝去，我赶忙爬上海边的礁石，巨大的礁石几乎是一座小山丘，爬上最高的一处礁石。对面就是传说中的鸟岛，无数的鸟儿在海中央盘旋，夕阳的灿烂让它们疯狂，海面上翻滚着波浪，蓝色从后面推过来，白色从前面撞击着，瞬间溅起细碎的浪花在红色的空气里尽情欢唱舞蹈。我爬上礁石，上面坐着一个欧洲裔的女孩，她戴着蓝色的毛线帽子，太阳眼镜遮住了大半张脸，硬邦邦的运动服，手套，登山鞋，显然她是专业选手，我穿着白色的大长裙子，长头发在海风中胡乱飞舞着，我努力站稳脚和她说

鸟儿的天堂 （2016 年摄于十三里湾）

"Hi"。她从对面的一块石头上跳过来，说"我来帮你拍，OK？"我们似乎很早就认识了一样，我站在巨大的礁石上面对着大海，挥舞着手臂，让她拍了一段十三里湾的视频。她一会把手机对着我，一会把手机对着天空，一会又把手机对着海面，她对我们的合作好像很满意。导游在喊我回去，我说我要帮她拍一张照片，她摘下了眼镜，背对着夕阳，我给她和大海拍了一张合影。我说我必须走了，非常地感谢她，非常地开心，我们给对方一个大大的紧紧的拥抱，站在一块礁石上两个人快速留了对方的电话。这个女孩是从北欧来，一个人在美国西部旅行，她告诉我她现在不会走，她会坐在这个礁石上，慢慢地看着太阳一点点地"跳"进大海里。

跑回海边，我回头和她挥手告别，我看不清她的脸，黑色的礁石上，一个鲜活的身影被镶上红色的边儿，女孩夸张地挥舞着手臂和我告

追赶太阳的女孩儿

别，我只记得她站在太阳里。在车子划过那片时空的时候我拍下了这张让我许久不能平静的照片，橙红色的光追赶着海面，原来它们是火热的恋人，海面变成黑褐色，应和着傍晚的天，一棵小树，像一位不羁的少年，迎着风，扬着脸。这个世界的美丽如此矛盾，那小小的生命如此勇敢，然而在苍茫之间她又是如此渺小宛如尘埃。

☞ **实践：**

生命源于海洋，即便是天空飞翔的小鸟也和鱼儿一样源于水，所有的生命在大自然中本就息息相关，当任何生命回归大自然的一刻都会连接到自己生命的最本源，寻找到内心最大的喜悦。

在写字疲倦抬头休息的一刻，正好看见屋顶上流动的光影，阳光透过百叶窗映在屋顶上一条条美丽的线条，在时光的推移中那一条条的影子变幻和挪动着，我被眼前流动的光影感动。记忆穿梭到童年，最让我感到快乐的仍然是阳光在记忆中变化的各种魔术，家乡天边红彤彤的晚霞，一层一层变化的颜色，庭院墙上掩映着植物斑驳的影子，雨后的彩虹，房间里实木家具上温柔的温度和光亮。这一刻我忽然想到了我的父亲母亲，时光就这样匆匆流过了，昨天我在阳光里嬉戏玩耍，转眼间他们已是老人，他们应该感受更多的光影，更应该在宝贵的时间里去感受新鲜的美好。我忽然有了一个想法，和父母一起做一个未来十年的旅行计划，陪伴他们在晚年在腿脚灵便的时间多看看世界。

18

牵手华尔街其实很简单

谈美国怎能不想到华尔街？一直在房地产和金融圈里浸泡的我对美国华尔街一直怀有一种特别的情愫，在纽约期间我拜访考察了多家华尔街金融、投行公司，并且尽可能深入地去了解，在这期间我与几家华尔

遇见老朋友 Nelson Gaerther（2017 年摄于纽约摩根士丹利）

街金融机构签署了框架合作协议，此外与美国两个公益组织建立了友好联系。在中美有许多致力于文化交流合作的朋友，我自己只是其中一个小小的缩影。

有一些地方，即便我们只是来到这里，都会打心底升起敬畏和能量，比如美国纽约华尔街。来到美国认识了一些在华尔街工作的朋友，而后他们都成了我追踪的对象，我把时间排得满满的挨个拜访，有的公司去了一趟感觉彼此很有合作的空间，就再去，有的公司甚至接连去了七八次！华尔街吸引我，我也吸引华尔街。在我看来华尔街是纽约的代表，这里是当之无愧的世界金融的心脏，在这条街上人们勇敢勤奋争取一切机会创造奇迹。在那段时间里，我在华尔街上对不同的公司进行个人路演，路演主要分为几方面内容：中国和美国的差异使得中国和美国之间存在诸多的互补和机会，中国市场是世界上最大的消费市场；中国人生活的改变，财富的积累需要一定的海外投资和资产配置，但华尔街的金融家不是在中国成长和生活，他们没有我们更了解中国；中国的媒体行业和房地产行业工作的阅历让我具备一定的中国资源，这些朋友由于种种原因难得专程跑到美国专注和深入了解美国华尔街。我的演讲很吸引大家，在不同的公司中都引起了大家的兴趣。待纽约工作时间里的沟通结束后，通常我会在纽约时间的晚上与中国的朋友联系，把我了解到的华尔街投行的一些信息和产品与中国的朋友探讨。在每一次沟通中，大家会提出他们感兴趣的问题，我再进行汇总对并对之前考察的公司再一次考察拜访把这些问题解决清楚。

这段时间的考察让我迅速地初步了解了美国金融市场，收集了一些华尔街投行公司的信息和材料，也为之后与美国金融机构的合作打下了良好基础。除了激情的碰撞，华尔街传染给我一个优秀的品质是信赖。在美国的考察中以及回到中国之后，华尔街的朋友们与我的合作和沟通让我非常感动的是大家给予我的信赖，我们保持固定的频率进行电话会议，大家遵守约定，沟通有效！与美国金融行业的朋友们的合作让我感

Hold 住：中国女孩 183 天美国行

2016 年秋天一个傍晚，作者结束了电视台一天的实习，坐在华尔街看人来人往

受到华尔街不愧是全球金融行业的"黄埔军校"。

在和 Dean 的几次电话沟通后,我们约定在他的公司见面详细沟通一次,实地考察一下这家华尔街精品投行公司。午间新闻直播结束是 13:05,从直播间走出来正是明媚的午后,走到 Dean 的公司只需从我工作的电视媒体公司转过两个街口,步行十分钟左右便可以到达。我一直觉得很幸运,在美国工作的这家电视台的地点正是纽约华尔街,这不仅让我日常享受了纽约华尔街的气氛,也十分方便对华尔街公司进行考察和拜访。经过 Wall Street 地铁站 2、3 号线的入口,沿着华尔街一直向东河方向走,华尔街朝着这个方向的石子马路有一些缓缓的坡度,一直向前走可以到达海边。在那里有一个渡口,渡口边上时常停靠着一艘巨大的帆船,我一直很好奇它一直停靠在那里并不远行,还是每次停靠正巧和我遇见?

华尔街在我的右手边是单号,左手边是双号,两侧高楼的玻璃窗外立面里倒映着华尔街上空的蓝天和云朵,仿佛一面镜子记录这里的每一天,又仿佛是一幅时刻变换的油画。有的行人与我擦肩而过,有的人三三两两站在街边攀谈,100 号就在我的左前方,穿过马路,金色铜质的大门镶嵌着深色落地玻璃,大厅中央是一个圆形的接待港,一名非洲裔工作人员正坐在中央,座机电话、台式电脑布满了四周,从吧台往下看仿佛是一架飞机的驾驶舱。看到我,"机长"站起身,问我是否之前有约,是要去几楼。我告诉他之前已约好,在十楼。接着他问我是否带了 ID 护照,我把护照递给他,保安一边打开护照一边问我要去十楼公司的名称叫什么。一瞬间我猛然没有想起这家投行公司的英文全拼,赶紧掏出手机查看和 Dean 的微信聊天记录,忙乱之中,Dean 站在了我面前,他正好下楼来接我,于是免去了我正面回答"机长"关于这个公司名称的问题。非洲裔先生打印了一张临时出入的粘贴牌给我,这张名牌上有我的名字、照片和当天的日期,完成了入门许可流程。我和 Dean 乘电梯到十楼,办公楼的地面用旧式的大理石铺就,光亮而不失稳重。

办公楼大厅共有六部直达电梯，金色电梯门，电梯底部同样是大理石地面，电梯门同样是金色金属材质，在电梯门中可以清晰看到自己。电梯缓慢上升到十楼，跟随Dean我们来到这家华尔街精品投行公司。这家精品投行公司的门厅并不大，走进门便是开放式的工作空间，门口的左侧大概可以容纳几十人的并列格子间，右侧是一条过道，经过过道是内部的其他办公区域。Dean带我来到他伙伴的办公间，不到十平方米的办公室，透明玻璃隔断，可以看到外部的办公间，窗子正对着华尔街，办公桌上并排摆放着两部台式电脑，我们促膝坐下，Dean细心地帮我拿了一瓶饮用水。

对面这个大男孩很瘦，干净利落的短发，一丝不苟的西装，蓝色领带，安静地坐着，语调平缓。谈到我们对中国和美国之间互补和差异问题意见相近的时候，两个人不羁地笑着。Dean非常年轻，但已经在华尔街工作了几年，谈到美国金融市场和股权投资还是有自己的专业见解，他拿给我公司的介绍资料，适合中国投资人投资的产品资料。我一边看资料，Dean一边向我介绍公司以及这些产品的情况，这次见面给我的印象比较深刻，在Dean的介绍中，让我了解到，在美国的金融市场中投资组合十分灵活，产

拜访 Phoenix Financial Services

品非常丰富，有不少适合中国人进行全球投资的产品配置。而在沟通的过程中让我对美国华尔街历史和金融市场有了更深入的了解，对于美国金融市场的规范性，产品层级的科学性和丰富性印象深刻。

和"90后"朋友在21世纪的阳光里愉快地畅谈，300年前印第安勇士们和英国的海员们也在此处交易，200年前梧桐树下人们在这里实现了世界金融市场的第一次统一约定，在沟通半径日益缩小的地球村的今天，牵手华尔街其实也很简单。

19

节日狂欢深处藏着一个个虔诚的心灵

在美国度过的每个节日我感觉仿佛都是在感恩,并不仅仅是在感恩节里。假日的狂欢背后,体现的是虔诚的心灵。"五月花号"的乘客比魁北克的先遣部队要幸运得多,在这里很多人很多神都需要怀念。我们经常感到传统节日的气氛渐渐变淡,我们提倡对传统文化的弘扬,对传统节日的重视。在美国万圣节、感恩节、圣诞节这些传统节日深受美国人民热爱,节日庆祝里美国人自由大胆,节日里充满娱乐精神和各种标新立异。

圣诞节是最早传播到中国,受到中国人喜爱的西方节日。感恩节是美国家庭每年团聚的节日,美国人重视家庭、感恩生活的态度在这个节日里最能得到体现。

"万圣节"俗称"鬼节",但在美国这一天却是一个欢乐的节日,也是一个充满想象力、创新力的奇特节日。圣诞节在美国可谓隆重,巨大的圣诞树矗立街头,华丽的橱窗让大人和小孩

肥美的烤火鸡 (2016年感恩节摄于纽约长岛)

19 节日狂欢深处藏着一个个虔诚的心灵

白雪公主邀我来做客 （2016年圣诞节摄于纽约布鲁克林圣诞村）

儿都想停下脚步不愿离开，家家户户的窗前院下、门前屋后布满了童话般的装扮，让人们梦想新年，感恩生活。

2016年12月24日，我和囧囧在华尔街纽交所前的巨型圣诞树下拍照，那棵树瞬间让我相信一切梦想都会实现。我们在街头和Give的朋友们一起倒数，庆祝"给"的行动中第135个幸运国的产生，大家分享"给"的甜蜜，第一次在异国他乡度过的圣诞节，是一个和世界人一起分享的圣诞节。下午的纽约街道似乎比往常安静很多，大家都在为夜晚的狂欢做准备，又或者在家中和家人团聚准备礼物，很多商店和餐馆都暂停了营业，餐厅里的服务员比平时也少了很多。在布鲁克林的圣诞村，我看到了童年圣诞卡片中才有的情景，眼前的景象让我不敢相信是在现实生活中：所有的房子都被装扮得像童话世界，圣诞老人在人群中拥抱大家，合唱团的天使们给大家演唱，家家户户的院子里是精心装置的灯饰，有的房子是绿野仙踪，有的房子是红色蜜糖小屋，有的房子是七个小矮人和白雪公主的故事，有的是小鹿，有的是《圣经》中的故事，整个圣诞村已成为纽约圣诞节的梦想之地。这一天在洛克菲勒大厦、帝国大厦、梅西百货等很多纽约地标建筑也会布置巨型的圣诞树和灯光秀。车子经过中城，路边的一座百货商店被两条灯带包裹，红色的灯带团成一个大大的十字架，上面的灯光绑成一朵红色蝴蝶结，整座大楼变成了红色的圣诞礼物，献给曼哈顿城里的每一个人。在圣诞节的前几天，住所公寓就已经被管理员精心布置了圣诞彩灯、圣诞树还有圣诞花，那些红色小花从早上到夜里欢乐地开放着……每当早晨出门和夜晚回来，圣诞的暖意便满满地在心底蔓延开来。午夜12点，教堂

地铁里的吸血鬼（2016年万圣节）

门前依然排着长长的队伍,人们站在门口不肯离去,祈祷心灵听到神的福音!

感恩节里整个美国都放假了,寄宿在学校里的孩子们也要从学校回到家中,这一天人们都准备了礼物给自己爱的人。家人们会有一次大大的聚会,妈妈会提前一天准备好火鸡和烤火鸡的材料,准备很多食物,爸爸会邀请亲属和朋友,把朋友们接到家中。这一天有丰盛的食物,这是一个都不能少的家庭聚会,有深深的感谢。安静的我们的心,告诉我们自己,我们感恩每一个人!感恩生活!在美国的感恩节我很幸运地和美国的华人医生协会会长王医生一家人度过。下午王医生开车来我的寓所接我,我们再一起接到王医生的侄女,路上我中途要求下车,去路边的商店买了一束淡粉色的玫瑰花,送给王医生的太太做礼物。王医生的家在纽约长岛,这一天下午纽约堵车竟然非常严重,我们花了比平时多出一倍的时间才到达王医生家。下车的时候,正赶上王医生家的邻居一家人站在家门口欢送客人……在长岛这些别墅的房子之间并没有围墙,栅栏也很少,每一家的草坪和邻居都是相连的。进门时王医生的太太上前给了我一个大大的拥抱,两年前他们代表美国的华人医生来中国四川凉山帮助艾滋病儿童,我在上海接待过大家,打那以后我们再没有见过面,此刻的心情比想象中还要激动。那天王太太给我看了她手机里保存的两年前我们和孩子们在上海的许多照片,他们表达了对我的感谢,而我又何尝不感恩他们呢?如此正是人生的缘分。

在纽约唯一的一次遇到全程拥堵寸步难行,是在美国的万圣节这一天……34街地铁站出来是离万圣节游行起点最近的位置,当我从车厢里走出来,走出地铁站的楼梯已经是让人窒息的拥挤。走出地铁出口,只见道路两边已经是水泄不通的拥挤人群,地铁出口站着粗壮的警察,警察正在维持秩序引导大家排队向前,挪出空地让地铁站能够正常运行。街边小店也被人们塞满,一家比萨店里站满了人。店员一身小丑装扮和街上的行人打招呼开玩笑,红色的肥袍子,黄蓝相间的蓬乱鬈

祈祷 （2016年圣诞节摄于纽约布鲁克林圣诞村）

发，粉饰的雪白的脸，大而圆的红色鼻子头。窗边正有两个《哈利·波特》中的巫师在吃比萨，他们手持魔杖，戴着尖尖的黑色帽子，我躲进了这家比萨店等朋友但也仅仅是能有一个落脚的位置。这个场景让我很惊讶，我没有想到在纽约万圣节几乎是全城出动，整个曼哈顿到处是节日的秀场，人们穿着各种奇装异服，新奇装扮，各种电视剧电影里的人物造型也被人们 DIY 在自己身上。有的将自己装扮成海盗、钢铁侠、蜘蛛侠，有的将自己装扮成公鸡、兔子、狗熊等动物造型，有的把自己装扮成一盆花、一根树枝。有一个人身上是一团团白色的棉花，一眼看上去他就像一朵云，我在直播采访他的时候，他和我说这件衣服用了他一整天的时间完成，一针一线都是自己缝制的。总有人说美国人热爱创新，从这样的一个节日就可以略见一斑，尽管是秀给不认识的陌生人看，尽管只是一晚上的狂欢，但每一个人都是脑洞大开，全情投入。大街小巷的人山人海也激动地期待着这些可爱的人儿到来。

万圣节大游行马上开始了，城市的每个角落似乎都可以听到游行队伍的音乐，各种乐器演奏；巨大的花车载着不同风格狂欢的人们，有的站在花车上夸张地表演，有的跟在花车周围展示自己的造型。游行队伍十分庞大，每年的游行会持续到凌晨。我迫不及待地也想加入游行队伍中，我和朋友在曼哈顿 32 街的地方绕了几个路口终于找到了游行队伍出发的地点，我们也加入了表演者队伍。整个万圣节游行我做了全程自媒体直播，国内外很多朋友被惊呆了，美国人的娱乐精神、创新精神竟然是如此程度。当晚一个中年男子是人群中的焦点和明星，他身上背着一个川普的造型，外面罩着一个牢笼一样的架子，看得出他很不喜欢特朗普，这个大胆而讽刺的造型吸引了不少人围观。这也是万圣节为什么让我印象深刻的原因，不仅仅是因为人们开动脑筋，用心实现自己的创意，还因为在这个节日里全民参与，这的确是整个国家的节日，更重要的是美国的全民娱乐不会受到社会角色的制约，而是能够平等自由地表达。

☞ **实践：**

一想到过节，我就想起小时候过年的情景了：父亲会在院子里高高地升起一盏大红灯笼，母亲提早很多天就买好了一沓厚的窗花、福字儿和对联儿；许多天前孩子们就开始吵着要新衣服；大年三十的下午，家里的厨房就会传来阵阵香气，小孩子忍不住吞咽口水，父母亲会摆出一大桌的好酒好菜，满屋子充满幸福的味道，而那味道也会在春节之后的许多天还在持续。现代生活中这种味道随着年龄的增长却在一点点地淡去，变成了一种追忆。在美国的日子里，我体验了另一个世界里，另一种过节的方式，与中国家庭式的大团圆的春节相比，美国的许多节日更重于狂欢，人们倾城出动，疯狂和尽情地狂欢，而欢歌里是创新的诗篇，是对神灵的敬畏和感恩。

20

犄角旮旯里的纽约剪影

纽约这座城市的一些细节是值得点赞的！对儿童对女性的温柔和尊重，对陌生人的礼节和微笑，对个性张扬的鼓励和包容，食材的优良，空气的良好，生活设施的细致和人性化……为什么纽约人就算收入不是很高却幸福感很强呢？

在纽约经常会被感动，并不是什么人刻意做了什么感人的事，打动人心的细节都在日常的点滴之处，可能只是一缕清晨的阳光，可能就是演出散场时候拥挤的楼道中间的左右分明，可能就是酒店房间门牌号下面的盲文，可能就是陌生路人的一声问候、一声赞美。

"Nice shoes""Perfect""Nice

阳光乐章（2017年摄于纽约长岛葡萄庄园）

dress",美国人对你的个人行为不会指手画脚说东道西,同时他们也从不吝啬赞美,甚至是对身边经过的陌生人,赞美他人带给别人愉悦已是一个人潜意识里的素养。

每天上班的路上,从家里出来到地铁站有七八分钟的步行距离,需要经过两三个街口,而这一段路几乎每天都会带给我快乐和惊喜。那是一片嫩绿的柔软草坪,柔软得我从来不忍心踏入,路边有一棵高大的树,茂密的叶子好像一个男孩子的鬈发,又像一朵悬在半空中绿色的云,这里是鸟儿的天堂。小松鼠在大树上捉迷藏,定睛来数一数就会发现这里或者那里又多了一只、两只、三只……这里不仅仅是松鼠的家,一群鸽子每天清晨也停在大树下,悠闲地踱步。浓密的树冠里突然飞出一群鸟儿,让我心里一惊又觉得开心。草坪后面是森林小丘居民区,两栋相邻的公寓楼之间露出蔚蓝的天空,蔚蓝色的下面是一道灰色的石拱门,半圆形的石拱门让人想起爱丽丝仙境,我一直感恩纽约的每一个可爱的清晨,让人没有理由不去珍惜这美好的一天。

森林小丘这一带居住的美国人多以白人为主,

魔术师 (2017年摄于纽约街头)

让人难忘的微笑 （2016年摄于纽约地铁）

也有不少犹太人，近几年开始多了一些亚裔。那些日子早晨出门总会碰到一位白人老奶奶，一头银白的头发，弯着腰扶着一把轮椅，吃力地爬上公寓楼下的台阶坐在路边晒太阳。每天早上都会碰到相同的情景，我总是帮她把轮椅搬到路边，老人总是抬起头笑着看我，边笑边说"You are so nice"，"Oh, you are so beautiful. Are you a model?"，第二天早晨我们又遇见，又是相同的微笑相同的对话"You are so nice""Oh, you are so beautiful. Are you a model?"。

　　记得一次朋友推荐了一家非常知名的意大利餐厅，餐食的分量对我来说着实太大了，剩了一半的牛排。我告诉服务员我要打包，我和朋友准备离开的时候问起打包的牛排，服务员女孩看看我然后让我稍等，过了一会儿，女孩儿端上来一份新鲜的刚刚烤出来的牛排还配了土豆泥和蔬菜，女孩儿告诉我刚刚把打包的事情忘了，非常抱歉，所以让厨房重新给我做了一份新的。这件事情让我印象很深,一个服务员敢于诚实地坦白这个过失,餐厅真诚地来承担这个责任。在生活中通常有很多小事会愈演愈烈,让我们到最后无法收场很不开心,无非就是没有坦诚地去面对过失和承担责任的真诚和勇气吧,在很多行业中所谓的服务意识归根结底就是承担责任的勇气和真诚。

一天下午赶去法拉盛的地铁 7 号线,在我身边坐着一位华裔老奶奶,很单薄的身体,一头梳理得整齐的短发,正在笑眯眯地盯着手机看视频,视频里播放着很多年前邓丽君的演唱会,老人没有戴耳机,虽然声音没有开得很响,我在旁边还是可以听见。我也很喜欢邓丽君的歌,但从来没有那天的感觉,觉得老人手里传来的声音仿佛天籁一般,歌声不但温柔而且带着乡音带着记忆。我向老人问候,老人家很开心地和我聊起来,问我来纽约多久了。而我印象更深的是她对

梦游者 (2016 年摄于纽约中城的一个周末)

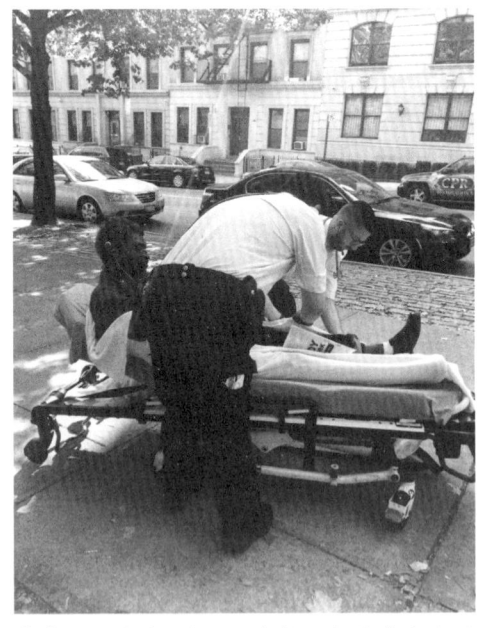

警察与流浪者 (2016 年摄于纽约中央公园初到纽约某日晨跑)

我说的一番话:"你知道吗,我是五十多岁才来纽约的,是跟着孩子们来的。开始我很不习惯,我不懂英文,孩子们要工作要奋斗,我很孤独,但是我对自己说人生还是要乐观,还是要学习的。我从那时候起开始学习英文,现在我也会讲英文了。"老人的脸庞很慈祥,五官已经被岁月雕刻成了上扬的形状,虽然上了年纪但眼睛还是很明亮,那天老人先下车,下车前她一再和我说"谢谢,谢谢你"。在纽约,人们不去想年龄,不会在三十几岁或者四十岁就整天唉声叹气说自己老了,每一天都是一个崭新的开始,人们相信"Nothing impossible"。

在美国的年轻人有一个重要主题就是交朋友,而且要开心。下午两点,我坐在威廉姆街转角的星巴克里用午餐,右手用来抓东西吃,左手拿着新闻稿,眼睛盯着稿子,嘴巴在吞咽食物。午餐在通读完新闻稿的时间里结束。我抬起头正准备离开,一只美丽的手儿从桌子对面伸到我面前,是一个金发女孩儿,二十几岁,大眼睛,她笑着递给我一张票,票面

美丽的长岛海滩 (2017 年摄于纽约长岛)

已经有点褶皱，她说"You are so sweet, I invite you coming to our party."在纽约第一次被一位美少女搭讪了，我的世界瞬间被点亮了，票上写着派对的时间和地点，是一个年轻人的舞会，看了一下时间，是下个月的17号。女孩儿站起身准备出门，还一个劲儿回头看我，叮嘱我一定要来。从拉斯维加斯回纽约的当天，在酒店大厅我遇到了前一天夜里碰到过的几个欧洲大男孩，他们问我怎么待在大厅里，告诉我说去参加舞会吧，酒店里正在举行年轻人舞会，可那个时间我正要赶去机场准备回纽约。在美国年轻人总是可以聚在一起，派对、打球、跳舞……这就是年轻人的世界，大家认为年轻人就该交朋友，要每天开心！

人们常说出租车是一个城市的脸，纽约的这张脸十分标致，明亮的奶黄色与城市老旧的建筑混搭颇有浪漫气息。纽约出租车还没有流行智能支付方式。从拉斯维加斯回到纽约

父与子（2016年摄于哥伦比亚大学附近教堂）

父亲怀抱里的小女孩儿（2016年摄于罗斯福小岛返回纽约索道车内）

20 犄角旮旯里的纽约剪影

小小画家 （2016年摄于哥伦比亚大学）

那天，下飞机时纽约正下着大雨，我迅速跳上了一辆出租车，有些疲惫迷迷糊糊地发现坐了很久还没有到家，我问司机到哪里了，他也支支吾吾地说不清楚。那天碰到的出租车司机是个新手儿，对纽约的路况还不熟悉，司机的手机也出了问题，不能导航，他一边开一边问路，到了一个地方，他又下车向人问路，看他站在大雨里和路边的车主问了好一会儿，我有些心疼，过了一会儿他上车来，说知道怎么走了。终于，我们到家了。下车前他提早把出租车的计程表结束了，还一个劲儿地向我道歉，歉疚因为他对纽约不熟悉耽误了我的时间，看着他湿透的衬衫，不停地道歉，我哪能不接受这个道歉。虽然回到家很晚了，但一路上司机的热心，平和不焦躁，都让我印象很深。在糟糕的天气里遇到糟糕的状况往往是最能看出一个人内在修为的时候。

在美国尤其在纽约经常可以见到各种活泼的街头艺术，不得不说

初秋经过一棵树 （2017 年摄于纽约 Bronx）

这些街头艺术的灵动早已成为纽约活力的一个重要组成部分，它的鲜活，它的可爱，变化无常又时时创新，仿佛人体里的血液制造着一切惊喜。市图书馆边上的公园里一直有一支业余球类杂技团，球类技术娴熟精湛，我总在一整天的阅读后，看到那一处的欢乐灵动；在 55 街的街口每次经过都会遇见一位"自由女神"站在路边，那身仿造青铜色雕塑的袍子颜色实在逼真。在纽约的艺术街区，老火车车轨改成了公园的小路。在一个阳光明媚的周末，人们慵懒地在公园漫步经过，在出口的一端站着一个几乎全裸的男人，闭着眼睛，看着像是在梦游，除了一条贴近肤色的短裤之外全身没有任何遮体的衣物，最有意思的是在阳光下这个闭着眼睛的男人就站立在原地不动弹。我一度被他的逼真蒙骗了，仔细看过手指甲，皮肤的颜色，就连短裤也是真的，但这就是纽约的街头艺术，这件艺术品的名字叫《梦游者》，在美国获得了不少奖项。

约会 （2016 年摄于中央公园晨跑遇到的职业遛狗人）

电视台中午一点的新闻直播结束后，我从办公楼走出来散步到百老汇剧院上的中餐厅，自助打包一份中式快餐。这家餐厅我非常喜欢，因为饭菜的品种比较多，除了水果和沙拉，大部分菜品都是中餐的做法，很合我的口味。在电视台实习的时候几乎每天都来这里买午餐，收银员大姐渐渐地对我熟悉起来，有时候我中午来得晚了或者哪一天没有去，之后她总会问：你怎么那天没有来吃午餐呢？她是广东人，柔软的语气让说话时更增加了一种关怀的味道。记得一次在电视台里遇到了不顺心的事儿，中午买午餐的时候被她一眼看出来，广东大姐那天一定要请我喝汽水，还用蹩脚的英文和我说没关系诶，加油，没关系诶，加油啊！在纽约这个城市，慢慢会发现，人们心中会有一种默契，我们都会经历一个努力奋斗的过程，大家有着不需要赘述就有的"懂你"。

Hold 住：中国女孩 183 天美国行

《圣诞礼物》拍摄于 2015 年圣诞节前夕，在希腊圣托里尼岛，我在小岛的山路上与一群戴着圣诞帽的小孩子相遇，我蹲下身子，打开双臂，孩子们一个个朝我跑过来，拥抱我，亲吻我，我感动得流泪，这些孩子带给我的感动永生难忘

☞ 实践：

犄角旮旯的感动其实不仅仅是在美国纽约，在中国、在之前旅行的其他国家和地区也都曾经有过。记得有一次在泰国的一个海边小城，我看到一群孩子光着屁股在沙坑里玩耍，我走过去分给了他们一些糖果和硬币，那些孩子闪亮的大眼睛盯着我看，我们旅行团的大巴车开走的时候，我发现后面有一群孩子在追着大巴车跑，他们和我挥手告别。在奥地利茜茜公主的古堡，我看到一个小女孩儿在陪着自己的母亲拉小提琴卖艺，在母亲的琴声中小女孩儿翩翩起舞，看着这样的母女，我走上去蹲下来，拥抱了这个小女孩儿，小女孩儿在我的脸上轻轻地一吻，小

女孩儿的母亲看到了这一幕很惊讶，很感动，她一直追问我"Are you Chinese?"。在希腊的圣托里尼岛下山的小路上，我和一群小学生面对面走过，快到圣诞节了，老师和孩子们都戴着红色的圣诞帽，远远地就看见他们，我的心瞬间暖暖的，心想如果可以抱抱这些孩子就好了，我蹲下来，朝着他们走过来的方向伸开了双臂。想不到的是，这些孩子朝我跑过来，一个接着一个地拥抱了我，那一刻爱琴海边上初冬的海风吹过，而心里的温暖让我一辈子也不能忘记。不只是孩子，在希腊我曾经在海边遇到一位老人，已经八十几岁了，老人年轻的时候来过中国，参加过中国船舶制造方面的工作，老人家竟然和我聊起了毛泽东，他还说在他家里保存了很多《毛主席语录》，还有很多关于毛主席的书。在意大利威尼斯，广场上人头攒动，阳光好像调皮的孩子让人愉快，几个身穿同样黑色长裙的女孩儿，我看她们长得很美，主动上前想和她们搭讪，合影拍照，四个女孩儿不但爽快答应，还说要唱一首歌送给我。后来我知道这四个女孩儿原来是一个合唱组合，那一天她们围着我唱歌，我站在她们中央跳舞，广场上围过来很多游客，就这样我们一起唱歌一起跳舞。虽然人生短暂，但还是满满的美好和感动让我们有力量、有奔头走向新的一天，很多感动的记忆是擦肩而过此生不再相见，愿我们是他人生命里曾出现的美好和感动。

歌名：凡

Title：All

一个空

One void

一个宇宙

One universe

一个银河系

One galaxy

一个太阳系

One solar system

一个星球

One star

一个世界

One world

一个国家

One country

一个家　一个我

One family, one me

一事　一物

One happening, one object

一木　一石

One wood, one stone

一花　一草

One flower, one grass

一沙　一尘

One sand, one dust

一明　一暗

One light, one dark

一正　一反

One positive, one negative

一是　一非

One right, one wrong

一看待　一思维

One view, one thinking

一念

One thought

一意

One meaning

一动

One initiation

乃至　一个无我

And even one not-for-self

无一　非凡　所造

Any of the ones is from all

凡在　凡中之物

Every existence in all

皆是　凡物

is the existence of all

既是　凡物

Thus, the existence of all

即无　无凡之别

there is no any exception of all

一切　即　凡

All of ones is all

凡　即　一切

All is all of ones

21

有多少人的个展之路始于百老汇

人人都是艺术家，日子里无时无刻不是摄影展。我们每一个人都用自己的眼睛和心记录，再用语言和文字，用爱和自己的人生表达了我们对这个世界的感知和记忆。

纽约的生活之所以让我备受鼓舞刻骨铭心，其中一个重要原因就是，在美国的生活可以诠释"nothing impossible（没有任何事是不可能的）"，生活中可以充满惊喜和奇迹。在中国我和所有"80后""90后"一样忙于生存，纽约把我变成了一个随心所欲的摄影师，赋予了我用另一种语言去向生命表达谢意的机会和能力。人生中的第一场秀从纽约百老汇开始，这场摄影展也让我成为在这家百老汇画廊举办个人摄影展的第一位华人。

美国西海岸洛杉矶素有"天使之城"称谓，好莱坞是全世界巨星的梦工厂。而纽约的百老汇大道却是美国乃至世界音乐、戏剧、艺术的发源地。在这里没有任何艺术上的框框，它只信奉一个准则，那就是任何艺术中只要能让观众视觉得到新的挑战的东西，毫不拘泥。纽约之所以能成为世界艺术中心、娱乐先锋，百老汇功不可没。

公元 1810 年的 Park Theater 是现今纽约百老汇剧院的始祖，百老汇初期戏剧风格受到当时欧洲维多利亚风格的影响，伴随着移民潮及多样文化的冲击，属于美国本土的剧作家及演员才在这种意识刺激下出现。随着第一次世界大战的结束，百老汇剧院文化于20世纪20年代开始迅速蓬勃发展，20年代末达到百老汇的最鼎盛时期。随着历史文化再次演进变迁，现今的百老汇剧院不仅是一条贯穿纽约曼哈顿岛南北向的马路，更是剧院或是欣赏戏剧的代名词。

2016年12月15日，在纽约西百老汇我举办了首次个人摄影展。展出的九幅作品来自此前在美国、希腊、瑞士、法国、比利时、意大利、荷兰的旅行经历。这一次摄影展是我第一次向来自不同国家的朋友们分享我在过去的旅行经历中的见闻和感受，分享我对生命的感恩和领悟。在这次摄影展中的每一个细节，每一个帮助过我的朋友，每一位来观展的客人都让我深深感恩。

纽约时间2016年12月15日17:00，我提前两小时来到画廊做摄影展开幕式的准备工作，《侨报》记者已经比我更早到了现场，走进画廊我忽然有一种熟悉的陌生，内心激动万分。配合记者朋友，我和一幅摄影作品合影，那张照片是在欧洲旅行途中拍下的车窗外的一刻：大巴车在风中驶过，望不到边际的油菜花儿在风中笑着招摇；已是春天，不知道是风追着云还是云追着山，那一抹黄、一抹蓝、一抹白都远远地流向远方……画廊里的工作人员也兴奋地一起合影拍照，前一段日子的紧张忙碌终于要在今晚告一段落，而两小时后的新闻发布会让我紧张到喉咙哽咽。画廊里的暖气很给力，圣诞树的灯光在大落地窗前顽皮地闪烁，洁白的墙壁，简约黑白色调的展览风格，墙壁上的文字介绍，香槟、甜点……一切准备就绪。我脱掉黑色外套，换上白色礼服，期待观展的朋友们的到来。

一个月之前，在纽约百老汇，我开始了对艺术品收藏和展览方面的考察拜访，在纽约朋友的介绍和帮助下走访了纽约曼哈顿的几个画廊和艺术工作室。那段时间让我了解了在纽约的一些艺术工作者的生活，和朋友们探讨了在艺术领域里中国和美国的艺术家之间能有哪些合作。这些朋友中不乏艺术品收藏、艺术品策展的大师，这些艺术家的经历让我

21 有多少人的个展之路始于百老汇

风车故乡 （摄于荷兰）

《春野》《女神》和我 （摄于2016年摄影展）

十分好奇和着迷，在多次的探讨交流中，有朋友建议我自己在纽约举办一次个人艺术展。这个建议让我兴奋不已，但要实现这个愿望我当时觉得几乎不可能，我不是专业研究艺术的，也毫无策展经验，而且那个时候我已经准备回国了，在纽约所剩时间很仓促……

办展览的想法曾经被我搁置几乎快要放弃，突然有一天一个朋友打来电话让我重新燃起了热情。朋友在电话里说，任何人都是艺术家，任何事只要努力也都可以做到。这句话我觉得特别耳熟，我也曾对其他朋友说过同样鼓励的话，为什么现在轮到自己却要退缩要放弃呢？我决定在回国前再做最后一次突破，举办人生中的第一次摄影展，也希望通过这次展览能让纽约的朋友们一起来聚一聚。

后来的半个月时间里我成了一个布展的多面手儿，一天里不停扮演不同的工种，按照摄影展的举办日期倒推工作时间表，每天必须配合画廊、印刷室和媒体团队准时完成当天的工作任务。在我做决定举办摄影展的时候距离摄影展开展日期只有半个多月时间，也因为圣诞节即将到来，到时候纽约的人们都会出行度假，所以我们选择在圣诞节前的半个月开展，日期就定在12月15日。

因为是临时决定，手边并没有现成适合做摄影展的作品。我几乎搜遍了所有可以找到的之前旅行中拍的照片的角落：电脑、手机、和朋友的往来邮件还有QQ空间，最后挑选出了两百张自己喜欢的照片，然后跑到画廊和负责人P一起筛选照片，最后我们缩减到了五十张，再缩减到十张，最后定为九张。同时我们确定了黑白两色简约风格，照片数量少但做工精致且用心的布展策略，确定了以旅行中的见闻，对生命的感恩作为展览的主题。在选择这些素材照片的时候，让我惊喜地重温和发现自己曾经经历过许多的感动，命运如此眷顾让我看到过广阔的世界，这也再次坚定了我举办摄影展的信心和决心。

时间十分紧迫，在决定举办摄影展的同时，我们着手制作摄影展的宣传海报，电子版邀请函等。那些天里我联系了中国和美国的许多设计师朋友，请大家帮忙设计摄影展的宣传海报，最终选定了一位美国设计师设计的海报方案。海报使用了我之前在希腊旅行中与一群头戴小红帽的孩子偶遇拥抱的照片，而这张照片也在摄影展中展出。

  选定照片素材后是紧张的印刷制作过程，因为时间紧张，印刷工作变得十分关键且沉重。我记得在一个星期里我几乎每天都去曼哈顿14街附近的打印室，和工作室里的同事讨论用什么材质的纸张，大家一起修改照片，给照片取名字，一起叫外卖吃夜宵。为了突出生命本真的感动，这个摄影展的主题我们确定使用黑白纯色的印刷风格，并且不给照片装订边框，采用简约的帆布包装。我记得在一次修图中为了保证照片尺寸的统一，两张照片被设计师修剪切掉了一小部分而不够完整，在保证画面故事的完整性和维护展品的尺寸统一的抉择中，我和印刷工作室产生了意见分歧，最后工作室接受了我的主张，放弃统一的尺寸，但保证每一幅作品故事性的完整。在我看来展览外观的整齐没有每一个作品的真实内容重要，每一幅作品尽管大小不一，但每一幅作品本身有自己完整的故事。

  摄影展的筹备过程中，我非常幸运地得到了纽约朋友们的帮助。前期与画廊的联系，与画廊和制作室共同制定策展思路，印刷工作室的加班加点印刷制作，纽约网络、报纸等媒体的报道，很多朋友都给了我积极的帮助。不仅仅是摄影展，我在美国的工作和生活中的每一件事情都不是一个人可能完成的。我的幸运正

光影人生 （摄于2016年纽约百老汇摄影展）

是因为得到了国内和美国许多朋友的帮助，在《世界日报》工作多年的楼老师，上海同济大学的美国校友志颖，中国的设计师江雁，翻译Frank，还有在各自忙碌的生活中赶来参加摄影展新闻发布会的每一位朋友。

摄影展新闻发布会上我要为来宾作一个开幕演讲，这份演讲稿成了我晚上的功课。如何通过摄影展让美国的朋友们了解我多一些，如何让展出的作品中的故事更好地传达给朋友们，演讲稿一改再改。稿件完成后，我请来专业的翻译朋友帮我校对英文，在离摄影展还有几天的时间里，白天我在企业中考察拜访，晚上再去画廊和打印室。那几天演讲稿我总是随身带着，一有空就拿出来反复读。

现在想来，我非常感谢鼓励我去做摄影展的朋友，感谢纽约的所有朋友的帮助和支持，让我体验了一次从来没有过的个人摄影展经历，也越来越相信没有什么事情是做不到的，感受了一次敢想敢干的痛快。更让我感恩的是这次摄影展开启了我用艺术作品、用语言之外的形式与世界沟通，传播美好的历程。

初冬的夜晚，纽约别致的美丽，黑白的简单色调，圣诞节的暖黄灯光中，在大家期待的目光里，摄影展"源"开幕式正式开启，我给在场的每一位美国朋友介绍了这次摄影展的筹备过程和主旨，纽约的朋友们在这次摄影展中再次欢聚，我和大家分享了所展出的每一张照片里曾经发生的故事。摄影展结束后我向大家再次致谢，感恩生命里的故事，也感恩有你。

☞ **实践：**

在美国的生活不可思议，其实主要的一个原因就是有些事在我去美国之前我根本就没想过，就比如举办个人摄影展。我不是一个专业的摄影师，甚至连照相机镜头不同的型号有什么差别都不知道，我也不懂什么光距焦距。当然我喜欢拍照片，在以前的日子里也拍了不少照片，只是单纯是感动和朴实的记录，拍照时候我也从来没有想过我会做摄影展，但那些照片中的情景的确都曾经感动过我。现在翻出来看我也能讲出来每张照片背后的故事。其实那些故事合起来就是自己曾经经历的一切。我在记录它们的同时，是它们帮我记录了那一刻我的生命。

22

小女子最怕风来的时候

不管是在哪儿,一个女生的生活很多时候总是要独自面对诸多困境,孤身一人在异国他乡这种感觉就更增添了浓重的色彩。生活中不是只有阳光明媚、风和日丽,也会有阴天会有暴风雨!刚到纽约的时候单身一人时刻有种不安全的感觉,适应环境之后忙于各种公司和企业的拜访考察,总会遇到不顺心的时候,或者疲惫的时候,想家的时候。不仅仅是这些,最困扰我的其实是一种精神上面无时无刻不

来到华盛顿

让我紧绷的无形的紧张。这种紧张并不是畏惧困难,也不是难忍孤寂,而是一种因为孤身一人时刻必须保证自己具备满血的活力、战斗力的完美状态,不能出任何意外岔子的无奈感和紧绷感。

2016年初到美国，在纽约海边用餐，小酒吧里洋溢着海洋气息

　　出发去美国之前在上海南京路我和最要好的朋友，也是我的一位老师沟通的时候，朋友很直接地提醒我，未来的路上心理和精神上的问题将是我最困难和最需要去面对的，在不同文化的激烈冲击中，在各种纷杂的诱惑下，在遇到各种困难和意外的时候，在一个人孤单无助的时候……那时候我还没有出发，并没有切身的体会，但我隐隐感觉到了一个人将会在未来面对很多事情，而后在美国的生活中，我越来越深刻地感受到了这些精神和心理上的问题。

　　刚到纽约的时候，一位朋友请我吃饭，我们在海边的餐厅聊天，谈到几年前我们第一次在美国遇见，最近一次他回到中国来上海看我，现在我们又在纽约重逢。清凉的海风，雨过天晴的彩虹，餐厅长长的吧台有好喝的啤酒，简约蓝色系的装修，整个餐厅都是海洋和啤酒的风格。朋友忽然在谈话中感叹，他说认识一些从中国来到纽约的女孩子，但这

爱上爱琴海的白色小城（2015年摄于希腊圣托里尼岛）

些女孩儿渐渐地迷失了自我，不清楚自己是谁，为什么而来，要到哪儿去。听到这些我还不能理解，但隐隐的有一点触动。纽约对一个女孩的诱惑到底是什么呢？我如何能够让自己保有一颗初心呢？

一个人在纽约的生活很多时候是很没有安全感的，这里的没有安全感不是指纽约的治安多么不好，一个人的生活就被允许发生任何意外，比如生病，比如下楼梯不能跌倒，否则根本没有人能照顾你，更没有替身去帮我完成自己每天的日程。在纽约我深刻体会到了一个道理，单身一个人在异国他乡的最基础生活底线不是别的而是平安。

一个独自在国外的单身女生的同义词就是"高危动物"。时时刻刻需要小心，即便早上出门再着急我也提醒自己下楼梯千万小心别扭了脚。为了在赶路的时候节约时间并且安全，在纽约的日常我几乎都是出门穿拖鞋或者平底鞋，再提着一双好看的高跟鞋。在纽约的生活几乎每

行走的呐喊　（2016年摄于哥伦比亚大学附近街头）

初恋 （2014年摄于耶鲁大学）

天都排得满满的，各种拜访考察、会议和活动，每天回家基本都是夜里很晚了，有时候会有朋友送我回家，很多时候一个人从地铁站出口走到公寓楼下的一段路。一个人通常会故意走在马路中间，走在明亮有灯光的地方，偶尔有路人经过，既打破了夜的沉静，又让我有些疑惑对方是个什么样的人啊。我有一个让自己不害怕的好办法，就是一边走在大马路中间，一边大声唱歌，和马路两边的树叶子讲话，这是我经常使用的忘记恐惧的方法。

记得夏季的一天夜里下起大雨，风夹着雨冲进房间，我被百叶窗撞着玻璃的声响中惊醒，但我怎么也关不上那扇窗户。纽约的公寓窗子很多是上下提拉式的，需要点力气才能拉上来或者按下去，在那个暴风雨的夜里，陈旧的生了锈的窗棂沾满了雨水变得更加生涩，无论怎样我都关不上那扇。为了阻挡雨和风冲进来，最后我用一个抱枕卡在了窗口，等到第二天找来公寓楼下的管理员，却仅仅是帮我提上窗子。一天早晨我着急赶去电视台，但我不得不先拐进路边一家超市找女店员帮忙，我的连衣裙拉链卡住了一个关键的位置，自己又没有办法解决，这时候已经不会顾及身边遇到的是不是陌生人，只想有人搭把手可以帮忙，比如给裙子拉个拉链儿。第一次在纽约搬家的时候，穿着人字拖鞋肥大的短裤，着实当了一次搬运工，当然这也帮我节约了一些搬家费用，纽约的人工成本是非常高的。又是一次大雨，要从森林小丘赶去曼哈顿的喜来登酒店主持活动，盛装下的自己站在 72 号大街的马路边向往来经过的出租车招手，那一天的出租车竟然出奇的少，单人的小伞几乎不能抵挡风雨，马路上的积水毫无绅士风度地涌进高跟鞋，最后我冲到了马路的中央，在这条大马路的中心位置像个交警，可以招呼来自道路两边不同方向的出租车。在异国他乡单独一人去购物，最后就会陷入一种沉重的窘境，手提、肩扛，根本无法顾及淑女形象，回家的路几乎就会成为一次高强度的健身运动了。

单身女生在纽约的惊悚生活里曾经遇到另一个单身女生，奇妙的相遇和邂逅成就了在纽约最要好的闺密。在哥伦比亚大学的合租房即将到期，我开始留意网络上的租房信息，一天我约了一位哥伦比亚大学的女研究生，一位专门经营着哥伦比亚大学附近公寓的小二房东。到现在我还清晰地记得在哥伦比亚大学门口第一眼见到囝囝的情景，黑色的长发，戴着耳机，黑色纱裙，她看到我就开始道歉说没有和我讲清楚具体位置，给我带来了不便……之后我没有租她介绍的房子而是搬到了森林小丘，但是这个女孩儿却在我银行卡故障的一个星期里当了我的提款机和饭票，尽管一个星期后我还给了她现金，但这个单薄的中国女孩儿还是给我留下了深刻的印象。

在纽约的单身女青年最爽的应该就是完全不用介意"单身剩女"这个标签，没有人八卦谈论别人的情感或者隐私，也没阿姨大妈热情地介绍对象。这让我想起了在纽约遇到的一次尴尬事情，一位华裔大姐是二十几年前嫁给福建的丈夫来到纽约，得知我是单身后把我加进了一个纽约的华人相亲微信群，群里的相亲规则和氛围简直比国内有过无不及。

在美国的药店里我发现一个现象，就是避孕药非常昂贵，紧急避孕药的价格大概每一片相当于人民币四百元。除了药品本身的成本，另一个原因是美国不太提倡堕胎和类似行为。在美国的儿童中有三分之一来自非婚生子，也就是说有相当一部分的儿童出生的时候，父母并没有婚姻关系，但是父母还是会选择把孩子生下来，在有信仰的国家通常是非常忌讳打胎的。在这一点上美国人也有自己的准则。我又想到了《欲望都市》中的一位女主人公，是一位律师，独立勤奋，在和男朋友分手后发现自己怀孕了，平静地把怀孕的消息告知前男友，然后独自把孩子生下来抚养。在这个事情上，与中国国内的情况还是差异很大，尽管在中国现在也有未婚妈妈和单亲母亲，但这样的现象仍然是不太被社会和家庭接受。遇到这样的问题或者会选择为了孩子结婚，或者选择放弃孩子人工流产，然而两种都并不是很好的选择。在美国这样的母亲很多，她们选择尊重生命，善待生命，选择承担责任，也选择不因为附加的原因而绑架爱情，绑架婚姻。有担当的单亲家庭和貌合神离为了孩子而被动婚姻的家庭，哪一个更能帮助孩子建立健康完整的人格呢？当然这里也不得不说在美国对出生的婴儿抚养方面，社会福利的支持也是一个有利因素。

纽约的单身女人是世界上最复杂的庞大群体，平均年龄可能比其他地方的单身女性更大，这个族群中还有很多未婚妈妈和离异女性不可忽视，纽约单身女性的多元化基于纽约本身是一个丰富的移民城市，纽约的单身女性也具有国际化的女性魅力。

一位华人朋友偶然一次和我谈到中国网络红人凤姐，我得知她在皇后区的法拉盛生活，曾做过捏脚工，在纽约并没有人特别关注所谓的"网红"。纽约结识的一个闺密来纽约前在巴黎留学生活了两年，后来又来到纽约，开启了属于她的"美国梦"，这个单身女孩儿的骨髓里是

遥远有多远 （2016年摄于新泽西海边）

法国、中国、美国等多元的混血,而在纽约这样的单身女生还有许许多多。Cindy是纽约州政府的高级职员,离异后一个人带着两个女儿,除了政府的工作之外,还经营自己的美容学校,生活多姿多彩而且颇受纽约州人们的喜爱,在华裔的社群中她的公信力和影响力也非常了不起。在纽约的单身女孩儿形色各异,纽约的单身女孩儿从某种意义而言代表了全世界女孩儿。

在纽约每一个单身女孩儿都必须面对自己要面对的问题,接受来自四面八方不同文化的冲击,有些人在纷繁中迷失,有些人日益果敢智慧而魅力非凡。

在纽约,一个单身女孩儿很容易会和这座城市谈恋爱,在这座可爱的城市里到处有扫尽孤单的美丽地界儿,随时会偶遇让人立刻满血复活的感动与惊喜。或许一身疲惫,或许刚刚还灰心丧气……但就在下一个路口,忽然抬起了头禁不住微笑。

☞ 实践:

不管在上海的拼搏还是在美国的漂泊,一直都有朋友问我说悦宁你累吗,你一个女孩子真不容易啊。每次我都说不累啊,我很好啊,没觉得累啊……现在想想好像也是因为忙得都没有时间认真思考这个问题,今天仔细地想了想好像还真是挺不容易的啊。脑子里一下子就跳到了在纽约第一次搬家,这也让我之后很恐惧搬家这件事,因为在纽约搬一次家实在太麻烦,要提前预约搬家公司,时间要配合他们的工作时间,电话里讨价还价,然后在搬家当天,搬家公司的人在家具的很多拆分和组装环节会频繁加价。我记得那天是夏季燥热的一天,后背的汗流下来的线路我可以清晰地感觉到,应付着10美元、20美元的一次次加价。在皇后区的公寓一星期前还是一片狼藉,在装修工人粉刷后终于有了点家的模样,我请朋友帮忙开车去宜家选购了一些临时性的简单家具,等搬

22 小女子最怕风来的时候

感恩（2016年摄于拉斯维加斯的早晨）

家公司的人帮我把哥伦比亚大学家里的物品搬到森林小丘，工人离开公寓之后，我发现洗手间的马桶池上遗留着一大堆粪便，于是一个人蹲在洗手间里清洗马桶。其实类似的糗事在生活中总有发生，生活从来不是只有聚光灯、鲜花和掌声，也会有污渍斑斑沾满粪便的马桶，也会有奔走忙碌的一身臭汗，也会有为了省钱而去砍价的厚脸皮。这些让我忽然想到一粒种子从落入泥土的一瞬间，它的生命就注定并非只有芳华，在那之前，种子在泥土中的挣扎，在昆虫尸体粪便中吸取养分，经历风吹雨打，生长出枝叶，朝着阳光开出美丽的花。

23

因为信任所以美元

1973年美元跟黄金脱钩之后,很多人以为包括美国人在内的所有地球村民都把对财富的衡量标尺寄托在美国政府身上。事实上这是一种误解。我觉得大家信任的不是美国政府而是美国人民。美国人民之所以值得信任,首先因为他们信任自己以及自己的同胞。正是这样的信任才有了

2016年圣诞前夕,纽约 Shopping Mall 花花绿绿的橱窗

Hold 住：中国女孩 183 天美国行

周末的纽约，人们在享受阳光 （2017 年摄于纽约）

这个民族的创造性成长，而美元只是代表作品之一。说句题外话，欧元欧盟造成今天这样的局面，就是因为相互之间缺少这样的信任。因为信任所以美元，因为信任所以美利坚。

清晨，我一如往常来到哥伦比亚大学跑步，明媚的阳光里一群亚洲学生站在一座雕塑前正在聆听导游的讲解，这些学生来自中国重庆，那天跟随他们的行程我来到一个终生难忘的地方，一个曾经听说的故事发生的地方……

1797年7月15日，一个年仅5岁的孩子不幸坠崖身亡，孩子的父母悲痛欲绝，便在落崖处给孩子修建了一座坟墓。后因家道衰落，这位父亲不得不转让这片土地，他对新主人提出

远望（摄于华尔街）

礼物（2016年摄于哥伦比亚大学附近公园）

了一个特殊要求：把孩子坟墓作为土地的一部分永远保留。新主人同意了这个条件，并把它写进了契约。100 年过去后，这片土地辗转经历了许多买家，但孩子的坟墓都被每个买家遵守了最初其父亲的约定，仍然留在那片土地上。1897 年，这块土地被选为总统格兰特将军的陵园，而孩子的坟墓依然被完整地保留了下来，成了格兰特陵墓的邻居。光阴荏苒，又一个 100 年后的 1997 年 7 月，格兰特将军陵墓建成 100 周年时，纽约市长在缅怀格兰特将军的同时，重新修葺了孩子的坟墓，并亲自撰写了关于孩子墓地的故事，让它世世代代流传下去。

导游在为同学们介绍格兰特将军的一生经历，而我却在为偶然的巧合来到这个曾在中国听说过的关于"契约精神"故事的真实所在地而伫立凝神。

我们有时候谈论外国人，会说外国人很简单，很直接，很傻，其实也是缘于人们选择简单地去信任对方，这一点都不傻。在美国的生活中，买东西如果你发现东西有破损去商店兑换，服务人员一般不会为难你，他们不会问任何问题而直接换好的给你，因为对方相信你，认为质量问题应该由商家来承担。在纽约街边的打印店打印文件，付钱时你和店主说多少页就是多少页，对方一般不会刻意去数你打印了多少张，因为大家互相信任和自觉。生活中的交流我们对对方谈话中给出的信息都会信任，当然如果对方不诚实，很难会有下一次的交往机会，失信的成本是高昂的。所以美国人在生活中一般会选择相信你，但绝不会给谎言第二次机会。

在纽约我发现大家十分重视自己的信用积分，比如信用卡的还款记录，比如支付房租的遵守日期，每个人或每个机构会有自己对应的信用记录，如果你的信用记录分数不高会在生活中很多环节遇到麻烦，比如银行不会提供给你相关的信贷服务，比如找工作的时候会被拒绝。2016 年美国总统竞选中，希拉里用私人电子邮件处理工作受到对手的攻击，遭到人们的质疑，除了涉及被传言的泄露国家秘密之外，另一个原因就是，工作方式的不规范也让她在工作规范性的信用积分上有所丧失。

在纽约的诸多商务拜访考察中，我十分重视自己给对方的诚信印象，遵守时间，信守承诺，不了解的事情可以不谈，但讲话就要讲真实的情况和信息，除了内容上是否沟通顺畅之外，是否在信誉上留有良好的印象在商务接洽中往往更加重要。

美国人的诚信源于两个方面，一是由严格的家教培养出来的，一是因信仰而自我约束。美国人最重视的人品就是诚实。一个家长可以原谅孩子犯错，但不能接受孩子撒谎。大多数美国人都比较诚实，不爱说谎，他们一般是直来直去，说话办事不绕弯子。

承诺了，就一定要做到，信守契约精神，不仅体现了西方人诚信的理念，而且绽放出人性的光辉。在美国从草根平民到总统，都保持有对人性的那份关爱尊重。这是美国人权的基本价值观，是美国的立国之本。布什总统是一位虔诚的基督徒，他曾说，在美国人们能够自由信仰任何宗教或者什么都不信。他说，具有信仰和良知的人民使美国强大，美国乃至世界都从他们的努力中获益。

Hold 住：中国女孩 183 天美国行

2016 年初到纽约的一天晨跑，遇到美国导游在向中国学生们介绍哥伦比亚大学

24

享受今天透支明天的速度与激情

从前就曾听说美国人喜欢超前消费，花的比赚的还多。一度热播的美剧《欲望都市》中有一段故事让我印象深刻却也大跌眼镜，主人公凯瑞是一位知名专栏作家，在和男朋友分手后，要独自承担购置公寓的首付款的时候财政状况却陷入了窘境，一位美女作家银行存款却只有不到1000美元。这在很多人看来简直不可思议，虽然剧中的情节有些夸张，但现实中美国人确实不会有太多的存款。学习、旅行、有自己喜欢的娱乐和爱好都会产生大量的开销，因此信用卡、各种贷款也是美国人常见的消费方式。

多数美国人没有存钱储蓄的习惯，一个普通美国家庭的银行存款数额通常不多，而信用卡预支消费是人们非常普遍的消费方式。金钱观消费观在生活中的另一种表现是，在美国的家庭中孩子满18岁成年以后，家庭对他们不再有抚养义务，同样地，老年人的养老也是一个社会和政府共同负责的问题而不是依靠养儿防老，人们会提早在年轻时开始为自己规划退休计划、养老计划。这样的消费理念、家庭抚养赡养方式与我们从小受到的影响和教育十分不同，然而在当下的中国，由于社会老龄化，一代独生子女负担重等一些原因，科学计划养老也将成为必然趋势，养老产业近十几年间在中国也逐渐兴起。

当我在美国生活了一段时间之后，了解到美国人的普通家庭收入、

纽约街头 Bus 车站 （2017 年）

纽约圣派翠克教堂 St. Patrick's Cathedral.
（2017 摄于纽约）

个人工作收入水平并没有我们想象的那么高。月薪4000美元大概是一个分水岭，超过4000美元就算过得去了，如果超过6000美元就是比较不错了，月薪10000美元以上的人并不占多数，而美国家庭的平均收入水平大概每年也只有几万美元。因此美国人主观上本身也不具备存款储蓄的丰厚条件。

另一个现象，在纽约遇到的人们都很爱学习。记得刚来到纽约的时候租住的公寓楼下的管理员是一个非洲裔大男孩，瘦瘦高高的、大眼睛，男孩晚间在公寓里打工值班，白天经常到离纽约几个小时车程的学校去上学。我身边的朋友，不管是在学校的学生还是已经步入职场的，又或者在工作中如鱼得水的朋友，几乎都有自己短期和长期的学习计划，然而这一块的学费也都是价格不菲的，这也是不少在纽约生活的人没有更多积蓄的

纽约时代广场街头 （2017年）

重要原因之一。说到这里，在我的印象中美国人是我游历过的所有国家中学习热情最高，学习氛围最浓的。

与很多地方相比，美国无疑是一个信贷成本较低的国家，银行的信贷产品丰富，也便利于人们以贷款的方式解决生活中的诸多需求。

有句古话"嫁汉嫁汉穿衣吃饭"，在日常生活中或者说在家庭中，由男性承担更多的经济责任已经是被默认的，也被深深植入中国人传统家庭观念和消费观念之中。另外一个现象，在日常的社交中，朋友见面喝茶或者聚餐，通常是有人最先发起俗称"东儿"，之后几个人聚餐或者碰面的消费通常会由张罗这次碰面的人或者参加这次活动中的某个人支付。其他人会友情参加并不会承担费用，尤其女性一般不会来承担这个费用。但在美国，两个好朋友见面喝咖啡或者晚餐，用餐结束后，两个人AA支付，再或者一个群体性的活动，多人的聚餐活动，在活动结

Hold 住：中国女孩 183 天美国行

森林小丘家附近的傍晚，蓝天和阳光让人一天好心情

Trump Tower （2017 年）

束后，大家会用餐费总额除以用餐人数，包括女性，进行分摊。而以上这些情况是司空见惯的事情。在国内，两个朋友一起喝咖啡最后各付各的钱，会被认为两个人关系很不好，如果其中有一位是女士，那么另一位男士会被认为十分小气。当然在美国也有很多情况，例如花销是由活动的发起人、个人或者组织承担，那么参加活动的人会是经过主办人邀请列出名字写在嘉宾名单之中，没有在嘉宾名单之中却贸然参与活动是极其不礼貌的，甚至会被活动的主办方赶出去。中国也有很多活动是在活动启动前需要购票和预付费用。然而在日常生活交往中，中国人确实不流行AA制。而美国人自己也不需要"宋江大哥"。

其实这个AA的付费制度还是有好处的。一方面，在美国，女性的地位十分高，十分受尊重和礼遇，除了西方传统的绅士风度文化之外，在我看来另一个原因是纽约的女人，甚至美国的女人足够地独立和自尊。她们意识里没有男人养活自己是天经地义的观念。在付出环节足够的平等奠定了在行使权利环节中的足够对等。另一方面，因为无论家人、朋友还是同事，大家都没有理所当然地为对方埋单的观念，也让人们在他人为自己付出的时候更加珍惜和感恩。在纽约比较真切的感受是没有谁对谁好是天经地义的。如果有人对你很不错，我们当然要珍惜和感激！

　　我母亲是一位传统的中式贤妻良母，她有一个坚持了一辈子的习惯就是储蓄，老一辈人口头禅"我们一分一分攒下的……"可见在我们的生活里，持家就是要攒钱的观念是被深远流传的。在当下，人们更多地选择超前消费这是一种进步，当然其中也有无奈，过高的房价、生活成本的上涨让人们不得不选择运用其他的支付方式来暂缓压力。然而在我看来，这也需要一种信心和勇气，消费明天，我们留住当下，承诺未来，正是因为对明天有坚实的信心！

25

悄悄的我走了正如我悄悄的来

一次我和朋友从长岛,开车回纽约城里,车程一个小时,我很好奇为什么这一段路没有修地铁。朋友和我说政府在对城市规划中非常重视对自然环境的保护,如果这一段路修地铁,附近的自然环境将会遭到破坏。的确,在纽约长岛有美丽的枫叶、可爱的公园、安静的海滩、浓密

2016年于纽约长岛罗斯福总统故居,房间内陈列着不同国家赠送的礼物

的树林，环境都依然保持着自然和神秘。

　　来美国之前，商业地产领域权威姜新国老师给我布置了一个作业，他希望我多研究一些美国的社区商业情况，当时我不是很明白，但在美国生活一段时间后终于理解了姜老师为什么有如此一问。

　　纽约的商业地产项目与迪拜、上海、香港都不同。其实不单是商业地产项目，纽约的建筑风格本身就极具特色，纽约的建筑是钢筋混凝土的世界，简洁冷酷。直上直下的简约线条，不拘泥于细节的粗犷设计，很少使用曲线或者圆形等设计。美国的建筑十分重视对历史建筑的保护，新的建筑设计与整个城市的风格色调也十分协调，多以简洁风格为主。纽约的城市综合体既没有迪拜的奢华，也不像中国的遍地开花，城市综合体的数量远远没有我想象的多。除世贸中心、第五大道、时代广场、中央火车站等二十几处商业密集区域之外，并没有多个商业综合体扎堆儿的现象。走在曼哈顿的时光画廊里，钢筋水泥森林中，却经常

纽约世贸中心 Shopping Mall 通往地铁站的连廊 （2017 年）

会有漫步在田园风光中的感觉,而在明媚的午后,纽约便是一座阳光之城。

在中国从事商业地产开发工作的几年,我经历了中国的房地产开发体量日益庞大的发展进程,一家商业地产开发公司十几年间在全国开发200多个商业地产项目,同时仍在不断继续扩张规模。纽约的购物中心却屈指可数,这让我倒是有些吃惊。在对戴德梁行的考察中,纽约商业地产项目介绍的资料里,我得到一张纽约的商业地产项目分布地图,主要有20个商业地产集中区域。在纽约的时间里我对这20个集中商业购物区域做了实地考察,如皇后区、曼哈顿、纽约北部、世贸中心等,考察之后我发现纽约的商业地产从整体布局到具体项目都与中国国内有不少差异。在和几位美国的金融学家探讨中,人们表示在美国的城市建设中,一般十分重视远景规划,这个规划将是百年不变的,不会因为城市规划管理者的更换而改变。城市建设工程具有严格的延续性,商业地产

我是一片云 (2016年摄于新泽西)

2016年圣诞前夕,纽约中城的 Shopping Mall 盛装打扮

项目规划与城市的道路交通、自然环境保护既互相协调也相互制约。

　　为了了解纽约的商业地产项目，我特意在纽约的几个商业氛围较浓的区域勘察了几次。时代广场的梅西百货是一个很有代表性的地方，位于纽约市中心最热闹、交通最便利、人流量最大的时代广场区域内，从时代广场步行就可以逛到梅西百货。在梅西百货门前是一片给人们休闲的座椅区，可以坐下来喂鸽子，看街头艺人的表演，梅西百货的门廊上面经常播放着卡通动漫节目吸引着孩子们和家长停下脚步。从这里步行就可以走到百老汇去看一场赏心悦目的演出。在这里购物与文化、休闲、旅行成为最自然的结合。梅西百货是纽约女性比较喜欢的购物场所，这里交通便利，在纽约的任何地方乘坐地铁都可以到达时代广场的梅西百货，在这里有各种服装、化妆品、首饰、包包，其品牌定位主要是中高端。在梅西百货里经常会有节假日打折活动，每次活动早早

纽约时代广场附近一处待开发的地块 （2016 年）

纽约时代广场附近的梅西百货 （2017）

地就吸引了全城的人们来大采购。和梅西百货不同风格的第五大道则是高端品牌一字排开的街区，世界著名品牌店鳞次栉比，马路两边的店面几乎让人选择到纠结，在这里可以享受到世界大牌的满足感，哪怕只是在第五大道走走逛逛也是一种对时尚设计的品味。这里品牌店内的装饰都具有各自品牌的独特风格，在第五大道的购物经验最可圈可点的是店员的服务态度，专业且体贴。在布鲁克林、皇后区和新泽西，大型的购物中心也并不多。在纽约北部，这里居住的非洲裔比较多，近年来房价上涨，在黑人区的购物中心附近，以火车站、超市为中心的整个区域非常热闹，街边开设着不少银行和店铺，克林顿总统的一幢办公楼也在这附近。然而这个区域的购物中心档次与中国国内三四线城市差不多，并不算高端。在纽约目前最高端的购物区域当数世贸中心了，时尚的造型外观，现代感的设计，全纽约最大最新的地铁枢纽中心和高端商务中心，除了大牌云集之外，购物中心内部还有宽敞的咖啡吧休息区等共享空间，在这里可以眺望对岸的新泽西，美食广场不但方便了购物也便利了上班一族。休闲购物和商务办公以及轨道交通的多项功能集合于一体。长岛的购物区域也很有代表性，这里的居民别墅都有一定的间距，居住密度很低，购物区域主要是附近的几个大型超市。那里也有纽约最大的奥特莱斯，所以在长岛购物是一个星期一次的大采购，或者是针对奥特莱斯的季节性大血拼。

☞ **实践：**

  不知道是从什么时候开始，在我的脑海里有了房子是买来的概念。记得小时候家里的房子是公房，而在上海奋斗的日子里住过群租房，遭受单身限购令，买过商住Loft小公寓，赶上过商办公寓政策调整，亲眼见证了上海浦东新区的房价从一平方米一万人民币到十多万涨十倍的奇观，从事房地产开发的几年里也在中国房地产行业的大军里实战感受了商业地产Shopping Mall如雨后春笋遍地开花，甚至县城小镇里也到处是Shopping Mall。人们开玩笑讲在上海的过去十年里做任何工作都比不上当初买了两套房，有没有房子成了很多分类的一个指标，买没买房子成了很多方面是否成功的一个标志，因为自己也在这个行业里打拼，对房地产行业的政策更加关注和了解一些，近些年里各种调整、变化、改革……不知不觉中，生活正在每一个空隙里微妙而急速地改变。

  我记得我在复旦大学的房地产研修班上学的时候看到老师们教学的资料是从欧美游学拍回来的照片，然而当我身在纽约的时候我发现这里的商业综合体项目根本没有中国的一个三四线城市多，这让我很吃惊。

  因为我自己也是房地产行业里的一员，所以经常和行业内的良师益友们沟通和学习。我们自己国家的人口组成、发展路径，具有太多的自己独有的特性，没有多少其他人的功课可以参考。最近和身边的老同事们聊天，大家都说现在的日子不好过：项目开发接近饱和，土地政策调整，项目拿地很不容易，投资开发商现金流匮乏，银行的贷款收紧，人们消费回归理性。当我在纽约长岛看到偌大的一个富人区，仅仅是在车程二十分钟的地方有几个超市，且是建筑低矮的购物区的时候，我的感

Hold 住：中国女孩 183 天美国行

纽约世贸中心的商演活动红红火火 （2017 年）

纽约北部 Bronx 的 Shopping Mall （2017 年）

受是在当下东西方的差异可能不仅仅存在于文化。

在房地产行业里我是一个小学生，向姜新国老师、李耀汉老师及各位良师益友学习到很多，对未来我更加好奇，会身体力行继续去学习和实践。我们中国房地产行业的未来到底要走向哪里，又该怎么走？

26

Give

有这样一群人，我无法用语言表达我和他们在一起的时候内心的欢喜，这群朋友不但让我更加确信生活中最快乐的事情是什么，也让我更珍惜生命中的无形且无价的东西。

文字写到一半，收到启良在台湾发来的微信，我和他说今天正在修改关于"Give"的文稿。启良告诉我说大家现在在台湾高雄，去埃及的行程因为种种原因推迟了，还说大家要和我打招呼。我把视线从电脑屏

2016年在美国纽约华尔街遇见 Give

幕上移开，笑着看着手机，一想到他们应该正在高雄举行 Give 现场摸彩活动，我和启良说不要打扰大家了。然而过了两分钟启良发来了一段大家和我打招呼的视频，启良、仲蕾、顾青、海玲……熟悉的笑脸，依然精神饱满快乐自在。这一群人是我十分佩服的人，他们的精神面貌感染了来自世界上不同国家的人们，整个大家庭里所有成员的理想一致，坚定地把内心的梦想去点滴实现，"Give" 具有强大的毅力和恒心。

12 月 24 日是我离开美国回中国前最后一次见到 Give，这是当天活动中诞生了幸运国，我们在分享蛋糕。图中是唯愿者仲蕾和海玲（拍摄于 2016 年圣诞节前一天）

在宗教的教义里"舍得"一词常见，"舍"与"得"两个动词之间有着辩证的关联，而"舍得"又是一种生活态度，是一种感恩的心态。《心经》中讲述布施有三复位义，第一种僧布施，第二种法布施，第三种无畏布施，而世间最有意义的布施正是无畏布施，给人勇气，给人信心，给人能量，让人们拥有无穷尽的力量和勇气去实现和完成自己的人生使命。

人类的财富由物质财富和精神财富组成，精神世界富有的愉悦和意义更加胜于物质财富，因此人类从未停下对宗教对文化探索的脚步，然而当我们给的时候我们到底是在"给"还是在"得"？得到与付出之间

Give 在美国纽约华尔街

到底是怎样的关系？为什么在物质越来越丰富的当下，人们的幸福感反而在下降，快乐变得很难？

1955年10月28日，比尔·盖茨出生于美国华盛顿州西雅图。2015年美国当地时间9月29日，福布斯发布的美国富豪400强榜单显示，微软公司创始人盖茨凭借760亿美元净资产，连续第22年高居榜首。2016年3月1日，福布斯公布了最新一期全球富豪榜单，比尔·盖茨这次以750亿美元个人财富仍连续三年位居榜首。2016年10月，福布斯发布美国400强富豪榜，比尔·盖茨以资产810亿美元第23年蝉联榜首。克林顿说："比尔·盖茨赚的钱比人类历史上所有人都多，但他在努力把钱捐献出去。大多数人也许会把钱用在别的地方，或是只捐出一点点，并希望别人给他们别上勋章，而不是像比尔·盖茨那样，把全部的时间都用在寻找真正行之有效的东西。这就是他毕生的工作。"

与"Give"的结识如此愉悦，是因为在精神世界里我找到了一群志同道合的知己。在刚到纽约的时候我认识了这样一群朋友，他们不是一个人，却有相同的名字"Give"，我曾和大家说，如果谈到在纽约生活的收获，哪怕单单是认识了你们这一件事也值了。和这样的朋友在一起的时候开心快乐，和他们分离的时候只要想到他们，便会对生命对生活充满感恩，全身攒着一股劲儿！

　　Give让我惊叹，大家在用一生的行动表达一个观念——付出和给予是最大的快乐；在茫茫人海中每一个人都在做一个文化的使者，让东西方不同的文化思想传播交流，带给不同国家的人们分享；Give在弘扬和传播中华汉字，几千年华夏文化的精髓。我一直和Give讲，和你们结下的友谊是纽约带给我最宝贵的礼物。

　　在纽约的华尔街遇到中国汉字展览，这也着实让我联想到许多……

　　西方历史从未停止过对中国文化的研究。伏尔泰在《风俗论》中关注各民族的风俗，研究这些风俗后面隐藏的民族精神与心态。伏尔泰表现出对于非西方文明的一种强烈兴趣和平等态度，他用相当的篇幅而且往往以称赞的口吻谈到非西方世界的文化，尤其是在介绍中国时表现出很大的热情。《马可·波罗游记》记述了马可·波罗在东方最富有的国

纽约中城的一个周末，人们休息放松在水边，孩子们奔跑着，水池中央一个表演者带给大家很多快乐

Hold 住：中国女孩 183 天美国行

Give 中的幸运者

家——中国的见闻，激起了欧洲人对东方的热烈向往，对以后新航路的开辟产生了巨大的影响，同时也是研究我国元朝历史和地理的重要史籍。

而中国自古从未停止西行的学习旅程。玄奘，唐代著名高僧，法相宗创始人，为探究佛教各派学说分歧，于贞观元年（627）一人西行五万里，历经艰辛到达印度佛教中心那烂陀寺取真经。前后十七年学遍了当时的大小乘各种学说，共带回佛舍利150粒、佛像7尊、经论657部，并长期从事翻译佛经的工作。玄奘及其弟子共译出佛典75部、1335卷。玄奘的译典著作有《大般若经》《心经》《解深密经》《瑜伽师地论》《成唯识论》等。《大唐西域记》十二卷，记述他西游亲身经历的110个国家及传闻的28个国家的山川、地邑、物产、习俗等。《西游记》即以其取经事迹为原型。玄奘被世界人民誉为"中外文化交流的杰出使者"，其爱国及护持佛法的精神和巨大贡献，被鲁迅誉为"中华民族的脊梁"。他以无我无人无众生无寿者相，不畏生死的精神，西行取佛经，体现了大乘佛法菩萨度化众生的真实事迹。他的足迹遍布印度，影响远至日本、韩国以至全世界。玄奘的思想与精神如今已是中国、亚洲乃至世界人民的共同财富。

"Give"的传播载体是华夏文字，文字的起源和发展也是人类文明的进步史。目前根据语言学家的分类，世界的语言体系有九个语系：汉藏语系，印欧语系，阿尔泰语系，闪－含语系，乌拉尔语系，伊比利亚－高加索语系，马来－波利尼西亚语系，南亚语系，达罗毗荼语系。汉语言和文字是汉藏语系的代表。汉语与其他语系唯一表象上的区别在于汉语没有字母的概念。世界上十四多亿人每天都在使用的文字，是我们共同的文字——汉字。中国的汉字起源于上古时代的象形文字，经过5000余年的发展，形成了非常严谨和复杂的文字体系。中国的文字和语言是世界上独一无二的，区别于西方的字母文字和语言体系，可

Give 来到埃及

以说独树一帜。从分析中国的文字和语言与西方文字语言的对比，可以了解中国政治社会和文化的独特方面。

从汉语和英语对字词的不同方式可以看出，中国人在字和词方面是严谨而有逻辑性的，英语则是开放性的。中国人处事严谨，凡事都要有根有据，都要有所归属，都要在现有的事物里找到解释。西方人则更重视开拓，不拘泥于旧的事物的影响。

中国书法是一门古老的汉字书写艺术，从甲骨文、石鼓文、金文演变为大篆、小篆、隶书，至定型于东汉、魏、晋的草书、楷书、行书等，书法一直散发着艺术的魅力。中国书法是一种很独特的视觉艺术，汉字是中国书法中的重要因素，因为中国书法是在中国文化里产生、发展起来的，而汉字是中国文化的基本要素之一。以汉字为依托，是中国书法区别于其他种类书法的主要标志，中国书法不仅在于"书"更在于"法"，墨字将汉字中的"法"表现得形象生动、淋漓尽致！

Give 在埃及

26 Give

"Give"以墨字的形式传播中国的传统文化,在纽约期间我参加了几次"Give"的活动,每次都是载着满满的正能量回来。

还有十分钟,"Give"今天最后一轮摸彩即将开始了,我赶忙加快脚步,好像都能听见自己的心跳,我知道这次见面会是某一段时间里我们的最后一次见面了,而我如此渴望在离开美国前能够见上他们一面。仲蕾告诉我他们最近换了活动的地点,从纽交所正对面的位置换到纽交所边上的一个街角,刚走到街角,我一眼就看到了他们,还有他们的"万国公旗",还没待我走近,仲蕾就看到我了,她冲着我挥手"Helen……"仲蕾穿着红色的袄子,鼻子和脸蛋都冻得红通通的,高高地扎着一根马尾,我们给对方一个大大的拥抱,这一抱也算是给对方一个告别的祝福吧。海玲也朝我跑过来了,她穿了一身蓝色的运动装,齐耳的短发干干净净,蹦蹦跳跳地向我跑过来,"Helen,你来啦,好久不见了。"不知道什么时候,小伙伴端来了蛋糕,"Helen,快,先吃个

作者在中国山区小学校

作者在中国东北山区学校

Give 已诞生超过 142 个幸运国

蛋糕吧,昨天有新的幸运国诞生,今天我们又有蛋糕吃……"和之前一样,每次我看到他们,和他们在一起就抑制不住地开心和快乐,仿佛失散多年的故友重逢的喜悦。蛋糕盘上零零散散地放着几块巧克力蛋糕,看着很松软,我拿了一块最小的,一边吃一边笑,海玲和仲蕾也笑。不一会儿,启良、启良的太太,其他几个"Give"的唯愿者也围过来和我拥抱,"你是要回国去了吗?""回国会去哪里?""什么时候会去台湾嘛?""明天的航班回上海了,今天来和大家告别,看看你们,我很想你们啊……""啊,你要回去了,我们一月也会回台湾……""我们下一站会到台湾,然后去埃及……"启良开始招呼我,"Helen,马上就要开始摸彩了,你和我们一起来倒数吧。"于是我们一字排开,还邀请了华尔街上的路人一起来参加,最后的几分钟里唯愿者们继续邀请大家参与人摸彩活动,在小纸条上写上自己的名字投放到

26　Give

2020年作者在柬埔寨购置两万只医用口罩捐赠给湖北等地区

抽奖箱……"This is totally free, only 5 minutes! Please write your name here…"

现在唯愿者共有100多人，大家发现了人生中最快乐的事情就是给予，给予是一切快乐的源头，而墨字是中国文化的代表，文字也蕴含了中国国学的深韵和思想。"Give"的心愿传递给我们每一个人，传递给全世界。

几千年以来
人类内心都渴望　着
这个世界　是安定　是和平的
For thousands of years,
humankind's hearts have longed for

this world to be stable and peaceful.

然而　这份普世共鸣之渴望
在人造的历史中
及　现时空阶　所呈现的事实
无疑证明　根本上早已悖逆了

However, this longing that all resonate with, whether along the history made by humankind, or in the present time and space, based on outcome exhibited, proven without doubt, had long gone radically astray.

这份　本该就存在的和平
已是人们心中不敢奢求的
甚至　绝望了

This peace, that naturally ought to be, has become a luxury that people dare not pursue, even to the point of losing hope in despair.

正因如此　人们从此
丧失了　相互信任的基因
丧失了　生命存在的意义
过着无奈　焦虑　惶恐的生活

Because of this, humankind have lost the gene of mutual trust, have lost the meaning of human existence, helplessly living a life of anxiety and fear.

以上　看似极度　复杂　无解
其实　却是那么的　简单　宁静

26 Give

这　一切的一切

只因　人类脑内　有一套

为己想的思维程序　在作用着

进而　完全遗忘了　原始本有

互信与和平的　生命实义

The above seems extremely complicated and unsolvable.

In reality, it is very simple and still.

All in all, it is only because there is a set of thinking-for-self mechanism functioning in human mind, and people have completely forgotten the originally existent mutual trust and peace, life's true meaning.

二十四年前　一个普通华人

当发现了这个真相

决定　此生唯传达

这一绝对必要的事实

并起名为　传达者

他一片赤诚　毫无所求　逢人便说

绝不错过　任何微乎其微的机缘

但　无人理解　有人说　他是

傻子　疯子　甚至　狂热分子……

Twenty-four years ago, when an ordinary person discovered this truth, and decided to live a life of conveying this absolute truth, the name, messenger, was founded. He was full of pure sincerity, without any demands, conveying to all who crossed his path, grasping the slightest encounter. But, no one comprehended. Some said he was a fool, was a crazy man, even a zealot...

于是　他想尽办法　接近众人
邀请他人到家　做饭给别人吃
栽培漂亮的植物　送人
将废竹子制作成
古老的中国象形文字——竹字
创作四百多种　墨字　作品
只为　传达生命实相
并　通过摸彩的形式
将作品　免费送给　幸运者……

Thus, he tried all means to connect with people, inviting them to his house, cooking for them, giving away beautifully gardened plants, creating Bamboo-words out of discarded bamboos based on ancient Chinese pictograph, creating more than four hundred Ink-works, all for conveying life's truth. Through random drawings, all the works are given away to lucky persons for free...

他从一而终　不改初衷
凡　与其接触的个人或组织
一旦涉及价值　利益
即　终止交涉　绝不妥协

He has been acting consistently, true and unwavering from his original intention. When encountering with individuals or organizations proposing gains and profits, immediately he ceases interaction, without ever compromising.

十二年前（2004 年）第一位

肺腑共鸣者　出现　并　同行

四年前至今　第二位　第三位……第一百三十九位　普通人

陆续站出　承担

向世界　示现人类的真相

且　终生　无条件　唯行此事

称为　唯愿者

Twelve years ago（2004）, the first person who resonated wholeheartedly appeared, and joined the path. Four years ago till now, the second person, the third person... the one hundred thirty-ninth person, ordinary people continued to step forward, to take on the responsibility to exhibit the truth of humankind to the world, to consistently only do this one thing, lifelong, without any self-considerations, thus named the Sole-willers.

他们　来自　中国

曾经是　企业家　退役军官　教师　跨国公司高管　公务员

使馆工作人员　博士后

大学毕业生　家庭主妇……

共同成立　思想粒子的　空间

践行　终生　只送不卖

所有作品　绝对不卖　绝不私送

一律通过　免费摸彩

送给　抽中的幸运者

幸运者　可在全场所有作品中

任选一幅　不用怀疑　直接带走

They come from China. They used to be entrepreneurs, retired officers, teachers, MNC executives, national civil servants, embassy staff, post doctor, university graduates and housewives... Together, they established The Space of Thought Particles to conduct Lifelong − Only Give − Never Sell. All works are never for sale nor ever given privately. They are all given away, through free random drawings, to lucky persons. The lucky person can choose any of the works from the exhibition, without any doubt, to bring home directly.

他们
每天　快乐由衷地　执行任务
主持摸彩　视频制作　现场直播
作品装裱　布展　解说　导引　发券
装修设计　绿植养护　环境清洁
直至　送出作品……

Every day, they conduct the tasks happily and wholeheartedly, hosting random drawings, composing videos, live broadcasting, framing works, setting up exhibition facilities, interpreting, maintaining order and security, handing out drawing tickets, designing interior, caring for green plants, facility cleaning and giving away works...

无私实干　当然　无所不能……
以　事实呈现
人我内心深层　真正的渴望

They are selfless and grounded in actions, surely capable of anything, exhibiting the true longing deep within everyone, through actions and facts.

思想粒子的　空间
没有基金会　没有捐款账号
绝不募款　不出书　不出光盘
不出售任何商品

The Space of Thought Particles has no foundation, no bank account for donation nor fund raising. There are no books, CDs nor any products for sale.

终生　只送不卖
是　毫无背景　无国界
全球性的活动
是　呈现　人与人之间
原始本有的　互信行为
当此事实　明朗于　世界各地
人我内在　本有的　互信基因
自然苏醒　复活

Lifelong-Only Give-Never Sell is without any backgrounds, without country boundaries, a global movement to exhibit the action of mutual trust that originally exists among people. When this fact lightens all corners of the world, the original gene of mutual trust within everyone naturally awakens and is newly revitalized.

届时　人我必然
自动放弃　制造对立的行为模式
世界　当然呈现　毫无问题
从此　战争不再　和平　本来就在

At which time, everyone surely and voluntarily discards the

behavior mechanism that produces opposites. The world certainly returns to the "all is well" state. From here on, naturally wars no more, peace exists as it originally existed.

27

海外华人的事业"天花板"

"天花板"一词,最早是在国内听说的关于留学人员的海外就业问题,大概的意思是在海外由于文化差异导致华人不能融入主流社会,遇到事业发展中的瓶颈。当我听到这个词,着实为海外游子感到惋惜甚至愤慨。来到纽约之后,我也特别关注和了解在这里是否真的存在这个问题。另一方面,在海外留学的莘莘学子,学成之后如果想要回国是不是也都能够顺利地回来发展呢?

之前马里兰有一位中国留学生的毕业演讲刺激到了整个中国民众的民族神经,也引发了海外留学生的不满和抗议,不少留学生表示这位学生不能代表他们每一个人。马里兰大学及校方负责人即刻进入人们的视野。这个事件到底是不是偶然现象?事后的道歉和希望回归祖国服务人民的誓言又是否会实现?无论是在美国顺利完成学业留在异国他乡发展,又或者接受了西方教育和思想后选择回来报效祖国的,去与留是不是都能得偿所愿呢?

刚到纽约的时候,我听说了这样一件有趣的事情,在美国留学和工作十多年的一位优秀的学长,在纽约"海归"了。这位师兄在美国留学之后就职于一家美资银行,眼下职位已经比较高了,管理着一个不小的团队,而就在2016年,他在纽约跳槽加入了中资银行的纽约分支机构。问师兄是何原因,师兄半开玩笑地说,在美国公司总会碰到事业发

Hold 住：中国女孩 183 天美国行

鹿 （2016 年）

27 海外华人的事业"天花板"

中国驻纽约领馆 （2016年）

展的"天花板"啊！

在海外这样的现象并不少见，尽管凭着优秀的才华，华裔在各个行业领域都有自己的地位，然而大家也有各自很难逾越的禁锢界限，比如负责业务的领域，比如对核心技术的掌握程度……我们会有许多不够擅长的方面，比如与职场中团队成员的交往，在职场晋升中总会陷入很难逾越的尴尬境地，这些原因使得海外的不少华人在拼搏努力许多年后被动地归于平淡"享受人生"，在我看来也有一定的无奈。而这一现象几乎成了公开的秘密，华裔留学生一边在海外刻苦求学，一边也明白自己如果留在海外发展，未来也将面临相同的瓶颈困境。"天花板"一说到底诅咒了多少人？

在美国认识的新朋友多数是在企业中负责亚洲或者中国事务，又或者从事着其他服务于中国人的业务，纯粹是在美国人圈子中的并不多，有人开玩笑说，到底出没出国？

旧金山大桥 （2016 年）

一位朋友在纽约是某金融协会的主要发起人，在美国的生活和工作也算顺利，我在纽约的生活中得到了这位朋友不少帮助。在和他谈到未来规划的时候，朋友多次表示很有可能会回中国发展。这让我既理解又不解，如果是出于爱国热情希望振兴中华的情怀，我感到钦佩和支持，但如果是由于在美国遇到"天花板"困境而无奈则让我望而生畏。我在美国没有长期的工作经历，并不能够深刻理解这个困惑，但后来通过对美国的进一步了解，我开始对事业中所谓的"天花板"陷入思考。

"天花板"是不是只有在美国的"屋子"里才有呢？是不是每一个在海外的华人都必然有遇到"天花板"的一天呢？"职场天花板"是针对华人专属的吗？倘若势必触碰到"天花板"，难道真的就无法突破么？

攀登事业与理想的高峰，到底是在山底盘旋更痛苦还是在快到山顶时更艰难？

事业有如登山，这让我想到了一种神似的宗教仪式——冈仁波齐峰转山。盛行于西藏等地区的宗教活动——转山,每年都会有很多虔诚的信徒来参加,特别是每当藏历马年的时候,这将是一场盛会,参加的人数相当的庞大。因为藏历马年转山一圈,相当于其他年份的十三圈。所以一般信徒是不会错过这个转山机会的。转山的习俗源自雍仲本教,我们现代藏族同胞许许多多的习俗和生活方式也都是古象雄时代所流传下来的。雍仲本教徒转山方向是沿逆时针方向转。雍仲本教是西藏古代盛行的一种原始佛教,最初流行于阿里一带,雍仲本教的兴起,已经融入了大量来自象雄西部古代波斯文化的内容。雍仲本教的出现,给象雄文化带来了许多新的内容。然而苦苦在山下膜拜十三圈的信徒是否有登上

圣路易斯的复古酒店 (2016年)

高山的一天？

　　与匍匐于地的虔诚顶礼转山相比，在美国一美元纸钞图案上未完成的金字塔，似乎是另一种对如何才能到达金字塔顶端的诠释。一美元纸钞的背面，有一座还没有完工的金字塔，此金字塔共有十三层，金字塔顶端是一只"全知之眼"，代表着宇宙的最高良心与法则。这是由前总统罗斯福在1935年决定将其放进一美元纸币的背面图案中。当时正值美国经济大萧条时期，全国财富严重缩水。这座金字塔代表经济的力量及韧性，未完工的金字塔则象征着美国的财富还有增长的空间。当时的美国人需要"希望"，希望由延续万代的经济取代眼下千疮百孔的经济，希望美国前景光明。金字塔上方的拉丁文 Annuit Coeptis 告诉美国人，上帝会眷顾他们的努力。另一段拉丁文 Novus Ordo Seclorum 则预言美国将产生财富新秩序。因此，在经济最惨淡的岁月中，美国人一面热切追求最古老的成功标志，一面也祈求上帝慨施援手。闪闪发光的眼睛代表天神的指引，眼睛后方是顶端尚未完工的金字塔。美国人知道要功成名就得付出代价，但只要下定决心，振作精神，即可投身打造一座永远常存的"金字塔"。

　　回国后的一段时间里，微信朋友圈被一则帖子刷屏，谈论的是当下的职场中35岁到45岁的被失业人群。面对年轻的劳动力，面对生活中更多的牵绊和烦琐，面对企业创新之路上个人付出的枯竭期，是否需要充血充电以应对被动失业的措手不及？国内的"掌上文化"开始流行一个新名词——"中年职场瓶颈期"。

　　倘若我们把在海外发展中的一些挫折完全归结为海外职场的"天花板魔咒"，那么现实中转山的"天花板"也给了我们一记响亮的耳光，不在异国他乡就真的能躲过"天花板"的处境吗？倘若每个屋儿里都有一块天花板的话，那么这块板与那块板又有啥不同呢？两块天花板分别是在几楼呢？

28

所谓祖国到底是一座山还是一条船

中华民族向来不缺乏爱国主义精神,五千年的历史也是一部可歌可泣的民族英雄史。朱德曾说"锦绣河山收拾好,万民尽做主人翁"。孙中山先生说:做人最大的事情是什么呢?就是要知道怎样爱国。然而在

2016年出国前一天在宋氏家族上海故居

2016年从纽约飞往美国西部旅行，在机场看到的感人一幕，小兄弟俩面朝着阳光一起许愿

21世纪的今天到底什么是爱国，我们拿什么来爱国？祖国到底是一座山还是一条船？

习近平在颁发"中国人民抗日战争胜利70周年"纪念章仪式上的讲话："在中国共产党倡导建立的抗日民族统一战线旗帜下，海内外中华儿女以强烈的家国情怀，空前团结起来，争先投入保家卫国的伟大斗争之中，形成了人民战争的汪洋大海，谱写下惊天地、泣鬼神的爱国主义篇章。"新形势下，海内外中华儿女的爱国精神正在谱写崭新篇章。

爱国情怀于陆地民族与海洋民族有着巨大不同。《大国崛起》中有段话说："当海洋注定要成为孕育大国的摇篮时，历史首先记住了葡萄牙的恩里克王子和西班牙的伊莎贝尔女王……是恩里克王子以国家名义来支持航海家们对未知世界的探索，使葡萄牙的航海大发现不再是个人的孤立冒险，而成了有计划有组织的国家战略……当怀揣着航海计划的哥伦布同西班牙王室讨价还价时，伊莎贝尔女王在谈判中接受了这个普通百姓的利益要求。为了资助哥伦布的远航，女王甚至卖掉了自己王冠上的珠宝。但是，她由此赢回了更加辉煌的王冠，那是世界霸主的桂冠。"近代世界历史的大幕，就这样从海洋上拉开了。

19世纪的历史本身就像海洋一样风起云涌，自由思想不断撞击着新时代的大门,世界的眼光为之大变,海洋受到世界各国前所未有的关注,海洋精神得到空前的张扬。威尼斯对海洋的追求背后是手工作坊的兴盛和文艺复兴运动,英国的海洋文明与工业革命、启蒙运动、小说创作和浪漫主义诗歌联系在一起,海洋族群的胸襟禀赋,海洋族群的海洋精神在人类进步的历史中风起云涌。而海洋精神还包括舍家离乡的忘我情操、吃苦耐劳的禀性品德、俭朴谦恭的品行操守、海纳百川的广阔胸襟、以苦为乐的奉献情怀,以及放眼四海的广博胸怀、勇立潮头的冒险精神、战风斗浪的拼搏精神、放手一搏的神勇气概、永不放弃的顽强意志。

爱国情怀到底是应该固守还是开拓? 波希战争后,斯巴达为了与雅典争夺霸权,因此统率其主导的伯罗奔尼撒联盟与以雅典为首的提洛同盟进行了伯罗奔尼撒战争。这场战争从公元前431年一直持续到公元前404

从华尔街一直走到东河 (摄于2016年)

年,其中双方几度停火,最后斯巴达获胜。但双方均打至精疲力竭,结果斯巴达在称霸希腊不久后便被新兴的底比斯打败,其后再被马其顿的亚历山大大帝征服,从此走向衰亡。雅典是用智慧女神雅典娜的名字命名的历史古城。相传希腊古时候,智慧女神雅典娜与海神波赛冬为争夺雅典的保护神地位相持不下。后来,主神宙斯决定:谁能给人类一件有用的东西,城就归谁。海神赐给人类一匹象征战争的壮马,而智慧女神雅典娜献给人类一棵枝叶繁茂、果实累累、象征和平的油橄榄树。人们渴望和平,不要战争,结果这座城归了女神雅典娜所有。从此,雅典娜成了雅典的保护神,雅典因之得名。后来人们就把雅典视为"酷爱和平之城"。

苏伊士运河于 1869 年修筑通航,是一条海平面的水道,在埃及贯通苏伊士峡,沟通地中海与红海,提供从欧洲至印度洋和西太平洋附近土地的最近的航线。它是世界上使用最频繁的航线之一,也是亚洲与非

故乡就在身后　(2016 年纽约大都会博物馆)

洲的交界线，是亚洲与非洲、欧洲人民来往的主要通道。运河北起塞得港，南至苏伊士城，长 190 千米，在塞得港北面掘道入地中海至苏伊士的南面。苏伊士运河的建成使得非洲大半岛变成非洲大陆，埃及横跨亚非，西南亚、东北非以及南欧的贸易更繁忙。

海外游子的爱国情愫有其特别之处。元朝马致远《汉宫秋》第三折："背井离乡，卧雪眠霜。"离开家乡的痛苦可见一斑。《史记》记载，楚霸王项羽攻占咸阳后，有人劝他定都关中，但项羽乡土观念很浓厚，说："富贵不归故乡，如衣绣夜行，谁知之者！"后人便引申出了"锦衣夜行"，慢慢就有了衣锦还乡的说法。背井离乡更是为了要衣锦还乡。

曾听说"越出国的人越爱国"，在美国的生活中我深刻理解了这句此前不能理解的话，包括想家的滋味也变得那么不同。家到底在哪儿？国到底是什么？当一个人在海外生活久了之后又有怎样的领悟？这些问题和感触在没有离开家的时候，我们意识不会如此强烈，我们甚至想不到这个话题。

纽约的地理纬度和儿时的故乡差不多，初冬的纽约让我忽然感觉仿佛回到了童年，想到了家乡的冬天，甚至那种刺骨的寒冷也让我怀念。有一天纽约下了场大雨，斜斜的雨仿佛一支支利箭射向大地，那一刻我想到的竟然是小时候第一次尝试种玉米，我在家里的窗前种了几棵玉米，从播下种子开始，每天放学就急忙跑回家蹲在窗前，托着下巴，眼巴巴盯着黑黑的泥土，看什么时候才会长出来玉米。好不容易盼到它们发芽，它们长出长长的秆丫，结出嫩嫩的玉米穗儿，可是忽然有一天一场倾盆大雨，所有的玉米最后都夭折了。那一捧大雨里的泥土的芳香便是儿时留在心里的故乡的味道。在地铁上，一位坐在对面的安静老妇人，微卷的银白色的头发，梳理得很整齐，耳朵、手腕、脖颈儿都精心地佩戴着首饰，那一刻的安详和整齐，让我好像看到了自己的母亲，我对她微笑说"You look like my mom"她笑着说"Wow, honey"……老

Hold 住：中国女孩 183 天美国行

在美国听到来自故乡的歌 （2016 年摄于卡耐基音乐厅）

人临下车的时候特意走过来紧紧地拥抱了我,轻轻在耳边对我说"God bless you"。

"春晖杯"中国留学人员创新创业大赛在纽约领馆的颁奖活动,走过红毯,安静的大厅里响起肃穆的《义勇军进行曲》,站在人群中间,我看着前排人们的肩膀,心潮澎湃!我有幸在Cindy姐姐的推荐下主持了台湾的一所名校在纽约的校庆活动。活动在曼哈顿中城的一幢老式办公楼里,团聚着相约半生的同学们,有的校友已经年逾古稀,他们在海外漂泊一生。而这一刻我看到很多老人眼中闪着的泪光,当《义勇军进行曲》再次响起一个个已经不再直挺的身躯庄严起立。在纽约参加过许多华人活动,开场的环节都是奏响《义勇军进行曲》,无论是留学生、海外创业者还是老华侨、新移民……只要这首歌响起我们的心就聚到了一起。

在彭博拜访的时候,我结识了一位在美国生活多年,在彭博担任高级管理职务的华人朋友。他带我参观了彭博的办公区、媒体区,站在落地窗前,俯瞰哈德逊河,对面是开发中的新泽西,我们聊到是否会改变国籍这个问题的时候,朋友的眼神里温柔地闪过一丝光亮,他告诉我说这个问题他一直十分纠结,放弃中国国籍对他来说是一个很艰难的抉择。

2016年奥运会女排决赛结束,空气里顿时一片欢腾,纽约的华人朋友们纷纷热烈庆祝,微信朋友圈将手机屏幕刷成红色,我记得那几天大家热议的就是女排。从小就敬佩"女排精神",而2016年在纽约我才切身感受到什么是"女排精神",为什么女排精神可以如此振奋人心!

在纽约的日子,每隔一段时间我会和父母微信视频一下,在视频里问候彼此聊一聊近况。每一次视频的时候我都会偷偷地截屏拍下他们互相依偎在一起的照片,留着之后翻出来看,而每次看到他们的面孔,我不只是看到了自己的父母,也好像看到了自己的童年,也看到了故乡,也看到了家。

我曾经和我的朋友们说,我爱我的祖国就像我爱我的母亲,我的母亲是一个平凡的不完美的女人,但我依然深深挚爱我的母亲。

"儿行千里母担忧","慈母手中线,游子身上衣",爱母亲到底是应该留在家里陪伴还是出去闯荡?祖国到底是一座山还是一条船?国到底在那里还是在心里?我无数次默默地问自己。

2016年10月1日,中国著名歌唱家戴玉强在纽约卡耐基音乐大厅举办演唱会,简单的一架钢琴安静落座在肃穆的音乐大厅,实木结构的音乐厅纯净而安宁,嘹亮而浑厚的歌声穿过纽约初秋的夜空。听到那一首《松花江上》,在纽约的我热泪盈眶,这是小时候常听母亲歌唱的歌儿,小小的我也会跟着哼唱,而在那一天是如此响彻夜空又沁润心田。

29

钻进纽约社交圈派对是个不错的入口

已是初冬,我罩了一件黑色绒毛长款大衣,内搭了一条蓝色抹胸镶钻长礼服,银色细高跟鞋,从时代广场方向再走过几个街口就是43街的哈佛俱乐部,自从第一次邂逅这里我就十分喜欢。这一处是经典的怀旧氛围,走进正厅前面是两层镶着厚实玻璃的实木过道门,门卫戴着长长的圆筒形帽子,身穿深蓝色的硬呢子双排扣大衣。走进门先是一个不太大的门厅,右手边棕色的木质格子玻璃门后是一间宽敞的衣帽寄存间,左边的台阶通向俱乐部的绿色小酒吧,正面的门通向俱乐部的内部正厅。在门口两边的墙壁上挂着两幅等大的画像,画中人是最近两任哈佛俱乐部会长。俱乐部的其他墙壁上也悬挂着不同任期的哈佛俱乐部会长画像,他们的故事、他们的优秀品质一直激励着哈佛俱乐部的每一位成员。

俱乐部的正厅是哈佛俱乐部的主要部分,在这里经常举办各种聚会活动,厅内的空间宽敞宏大,可以容纳上千人同时聚会,四周可以摆放自助餐点。在正厅向里走,是更大的一个宴会厅,宴会厅可以同时容纳几百人同时用餐,墨绿色的色调知性而怀旧,高高的大理石墙壁上悬挂着大象头的标本,长长的象牙从墙壁上弯出来闪烁乌亮的光,一盏盏巨型水晶吊灯让整个宴会大厅显得既庄严肃穆而又金碧辉煌。在这座俱乐部里,还有健身房、阅览室、会客室、客房、洗浴间,健身房的入口精

Hold 住：中国女孩 183 天美国行

大象是智慧的象征 （2016 年摄于纽约哈佛俱乐部）

心摆放了水果果盘和自动饮水机。楼上的房间还有一些其他会客厅和小型的会议厅，不同主题的活动和会议可以同时进行。

很幸运，这里后来成了我的英文私教课教室。一位哈佛俱乐部的老教授在这里给我上过几堂印象深刻的英文辅导课，老教授总会很贴心地帮我带饮料，十分亲切可爱，但讲起课来却十分严苛，每次会留给我不少家庭作业，而且一再强调"下一次我要看到你给我的答案"。

最近一段时间在忙摄影展的事情，每天的时间都觉得不够用。一天回家的途中我忽然想到今天的日期是某知名房地产公司的年会，看了一下时间距离晚宴开始还有一个多小时，这次地产公司年会是前几日我参加另外一个美国地产和金融论坛会议中认识的一位朋友强烈推荐我来参加的。我匆忙赶回家，化妆、换上礼服以最快的速度隆重打扮出发。赶到哈佛俱乐部的时候时间刚刚好，冬天里高跟鞋和礼服还是让脚上有一丝凉意，门卫彬彬有礼为我打开俱乐部的大门，我快速地闪进身来。寄存大衣的吧台前排着长队，站在我身后的一位女士后来也成了我的一位好朋友，而这位姐姐在纽约的地产行业经历了二十几年风风雨雨至今单身，我们第一次见面就有一种亲切感。这家纽约的地产公司年会举办得比较开放和轻松，主要是自助餐和舞会两个部分。中式点心、西餐、日式料理、餐食满足不同国家的来宾，哈佛俱乐部的空间让大家足够地自由舒适，巨型圣诞树边上是乐队的现场表演，所有的来宾都是房地产和金融行业的从业人士，新人的感觉从来没有像此刻这样清晰。我感觉其他人似乎彼此都很熟悉，都会遇见自己的老朋友，那一天我花了很长时间在整个派对中几乎和所有人打了招呼，简单的沟通和互换联系方式。在晚宴快要结束的时候，朋友带我拜访了晚宴的主人，这家地产公司的创始人，在美国的聚会晚宴中主办人会和每一位来宾握手表示他的欢迎，通过这样的年会也让同行业的朋友们拥有一个一年一度面对面的交流机会。

美国华人爱心基金会年会上，晚宴在 Crest Hollow Country Club

2016年冬天哈佛俱乐部举办的地产行业聚会，热心的俱乐部老会长向我介绍俱乐部

举行，奢华的外景和会场大厅，让我联想到了此前的一些宴会。宴席也让我想到了我们常说的一个词"吃饭"，我们却很少提到一个词"食物"，在美国经常可以听到一个词"food"。一餐饭食是一份牛排或者一份意面，里面既有主食也搭配有蔬菜或者其他食材，保证人体所需要的能量营养同时不会浪费，人们把这些可以吃的统统叫作"food"。通过词语的不同表述直接反映了人们面对饮食的不同态度，美国日常生活中餐食的时间不会很长，有不少人在忙碌之中一天一餐正餐或者两餐，而大家通常吃的"food"就是用来填饱肚子的食物，喜欢吃的食物。而在国内我们的用餐习惯是花很多时间来吃饭，聚会中是一大帮人分享一大桌子的美酒佳肴，不论朋友聚会还是商务宴请，满满一桌子就是吃饭的标准。记得一次日常的校友聚会，本来就是简单地吃个饭，学校的负

29 钻进纽约社交圈派对是个不错的入口

纽约哈佛俱乐部 （2016 年）

责人提前几天打电话给我,说要写下我现在的工作单位、名称、职位等级和姓名等,并把这些信息打印在卡片上放在饭桌上,如此"吃饭"不累吗?这还是吃饭吗?在美国的各种朋友见面吃饭和宴会活动中,通常每个人一份主食,其他的简单搭配以刚刚吃饱最佳,即便是大型的宴会,也是前菜沙拉或者小食之后每个人单点一份主食,不会有许多菜品共同摆放在桌前大家一起共享。当然还有一种形式就是自助餐,在活动或者会议场地的一个区域,活动主办方将自助食物提前预备好,但通常食物种类保证有蔬菜、水果、肉类、鱼或者点心、比萨等,不会浪费。在任何餐饮的环节都能体现出"food"的真实意图,是为身体所需,也仅此而已,既不浪费也没有附加值。

圣诞节前夕一天傍晚我从一个活动中赶到 Jim 邀请我参加的一个金融行业聚会。前面的活动要求比较亲和,我的穿着也比较生活化,但是到了这里瞬间觉得走错了地方,音乐声弥漫在道路两旁,双向楼梯从路面通向派对的二楼,我一眼就看到黑色门牌555,走上楼梯,一位穿着得体黑色西装的年长侍者微笑着为我拉开大门,白色手套,红色领结,黑色西装。进门扑面而来的是热情的音乐,大厅里拥挤的人群,一位身穿闪亮银片服装、身材火辣的美女吸引了我注意,她的装扮是埃及艳后的造型,曼妙的身姿站在派对大厅的中间,接着我看到了第二个"埃及艳后",她们是活动的助场节目表演者。我先来到门卫更衣间寄存外套,服务员十分热情帮我把大衣挂好,拿给我一张寄存票,上面是我的大衣号码。人群中 Jim 在和我招手,他开心地走过来说你终于过来了,我要带你见很多的朋友,先跟着我走一圈。Jim 出生在美国,具有欧洲和美国几个国家的血缘,他的家人生活在外州,在纽约的金融和房地产行业内有不少好朋友。在他边上是几位他以前的同事,我们互相问好握手。人很多,我们距离吧台不远却挪了很长时间。我向吧台的服务员点了一杯白葡萄酒,酒精此刻带给人愉悦。我们走到吧台后面的区域,这边离厨房区很近,侍者们穿着整齐的黑色制服在人群中忙碌着,沙发上、楼梯上,每一处都落座着来宾，我发现在那天的聚会中亚裔的脸孔不多。

沙发区的一角坐着一个海盗造型的人，卷翘的小胡子，一头密密匝匝的小辫子，戴着蓝色方格子的头巾，戴着满手的指环，如此气质又让我想到了电影里面的吉卜赛人。他坐在桌前，很多人在他边上排着队，走近看，他正在为人们画像，桌子上是画笔和其他的工具，正在画像的人坐在他右手边的位子上，一边画像一边聊着天儿，细看他的画像很有自己的风格，他用十分简单的线条勾勒出人物的五官相貌，用夸张的手法突出人物的特点，用简单的红色、蓝色两种颜色上色。Jim 和我说等下我们也来画一张，我笑着点点头。经过沙发区、厨房区、画像区，我们来到 DJ 区，音响和 DJ 台位于整个派对的角落，前面是大家跳舞的舞池，伴着音乐朋友们一起舞蹈，在这里舞蹈与身材并没有太大关系，随意扭动，身体自然生成一种韵味。美国人对音乐节奏的感觉也是超级棒，自由自信在舞蹈中彰显出无穷的魅力。

我们在舞池里继续认识我的新朋友、他的老朋友。兜转了一圈后，感觉肚子饿了，我们去自助区拿食物，此刻餐食台前已经排起了长长的队伍，我们顺着人流排在后面，餐台边上的大罩灯引起了我的注意，这里竟然会有一个摄影棚？整面墙的幕布、射灯，摄影师看起来很兴奋，照片在现场几分钟后就可以拿到，有趣的是拍照的时候还可以选择边上的饰品或者道具，有花环、面具、天使翅膀、小丑鼻子……取餐的队伍慢慢向前移动，沙拉、起司、奶酪、坚果、肉类、虾，还有各种小巧的点心和米饭，虽然美国的米吃起来没有家乡的米饭那么习惯，但我还是以吃米饭为主。要取餐手里的酒杯没有地方搁，Jim 抓起我的长脚酒杯揣进了他的西装口袋，这让我惊呆了，真像个顽皮的小孩子才有的聪明办法，酒杯刚好安稳地在西装口袋里露半个脑袋，我们端着餐盘一边吃一边又在派对上走了一圈。酒足饭饱后我们来到"海盗"面前乖乖坐下，大海盗画师看了看我们，问我们叫什么名字，我们一边聊天一边画了起来，我盯着他的笔看"海盗"把我画成了什么样子。"海盗"看我的眼神很特别,很深邃又陌生,终于出现了我的轮廓,长长的眼睫毛,鲜红的唇,Jim和我的双人画像即将诞生,我们好兴奋,"海盗"最后在画纸上写上了我们的名字就宣告大功告成。

在这一次纽约的金融行业聚会中我认识了不少新朋友,也感受了纽约的金融行业从业者派对的氛围,总体感受就是大家可以参与的娱乐互动环节很多,而且都是可以和朋友一起参与和分享的,一起戴面具合影拍照,一起画像,一起晚餐,一起跳舞,或者埋在沙发里聊天。这是一次既可以认识新朋友,也可以加深和老朋友感情的地方,这样的花花点子多多的聚会总是让人充满期待。

2016年的圣诞节,是我在西方世界度过的第一个圣诞节,回忆起来,印象最深刻的是什么呢?布鲁克林梦幻般的圣诞村,足够让我惊奇,完全打破了我对圣诞节节日装扮的想象极限。每一幢房子都被彩灯装扮得闪亮美丽,院子里有小矮人、小鹿、小羊等各种小动物的玩具灯饰造型,整个布鲁克林圣诞村里的房子一栋挨着一栋全部是如此梦幻的装饰,让人感觉仿佛进入了一个童话世界。路边的小树挂满了彩灯,流动的灯光好像清澈的瀑布,又好像夜空的繁星,红色的小屋好像会走出来一位公主。路边圣诞老人和拥挤的人群拥抱在一起互相祝福,唱诗班的姑娘们穿着长裙齐声歌唱,婉转的歌喉让经过的人们纷纷驻足。在纽约曼哈顿城里狂欢着喜悦的人们,有一个男子穿着棕色麻布的长袍,戴着用树枝编织的发冠,囧囧拉着我站在洛克菲勒大厦前的巨型圣诞树边,我们却寸步难行……但是这个圣诞节里最让我常常想起的还不只是这些。

圣诞午夜的钟声即将敲响,白色的教堂里座无虚席,孩子们在圣殿前穿着洁白的衣裙,远远地望去像白云一般的小天使。三位牧师站在圣坛的中间,远远地,我看见一位牧师在桌前慢慢地走过一圈,手里拿着银质的水壶,人们安静而喜悦。牧师和大家一起颂歌,我虽然不能明白其中准确的含义,但我想那些单词一定是让人们相信善良,憧憬未来。午夜12点,牧师和唱诗班从圣坛上走下来,手持金色法杖,白色的长袍,红色的领巾，一些信徒跟在队伍后面，大家一起继续颂歌，他们走过我的身旁，悠扬的歌声渐渐靠近，响亮又渐渐远去变得低落。教堂里的灯光在新年即将到来的午夜时分异常明亮，我抬起头看到远处屋顶上花色玻璃窗和记录故事的石墙。圣诞节的仪式就快要结束，人们纷纷站起身向教堂门外走去，互相问候新年，我也跟随着大家站起身，祝福自己的新年。看着对面的神龛，我在相距一段距离的座位起身，将红色长椅上的《圣经》放回原位，抚摸过圆球形的木头桌角，最靠近过道的桌边竖立着长长的木杆，木杆顶上安置鲜花，一条通向神龛的路繁花锦簇。从前面的座位迎面走来的人们仿佛是哪一世曾经相遇？人们纷纷朝我微笑和我握手问候说"Happy New Year!" "Happy New Year!" 啊！新年真的到来了！在即将离开纽约的一夜，纽约又一次温暖地和我握手。

☞ **实践：**

2016年和2017年里我在纽约参加了一些派对活动，多数是行业内的交流聚会或者会议，内心的感受是在美国的派对文化和中国的聚会文化有着很大的差异。在美国如果没有被提前邀请或不在嘉宾名单之中，突然来访是不受欢迎的，这种行为被认为是不礼貌的。会议的细节中可以见到一些中西社交文化的不同，比如人们的座位通常是环绕成圆形，方便大家互相之间都能看见对方的眼睛，便于交流。在美国的聚会中，会设置很多的场景主题，参与性、互动性非常强，一次聚会一定要让大家觉得非常有趣儿。活动的空间比较开放，形式也灵活多样。在美国我也主持了一些会议和活动，如第二届华人创新创业大赛论坛颁奖、纽约华人中秋晚会等，不得不说在美国的这段时间，参加和主持这些活动让我在初到美国的日子里结识了不少良师益友，也更近距离地、更真实地体会了中美社交文化中的一些差异，然而每一次实践中的新鲜感受都是宝贵的经历和收获。

30

谈 创 新

人类文明发展到当下，站在世界超级强国、近代发明最多的国家美国，我的感受是创新的工厂并不在地球上而是在"火星"，创新也必须突破地球的万有引力，突破厚厚的大气云层。我们要改善的不是试管，不是蒸馏瓶，不是实验室里的环境，我们要从矩形的水泥堆砌而成的封

2016年纽约一家房地产中介公司

闭实验室里走出去，闯到充满灵感的魔兽世界去实践，我们要给予的不仅是所谓的"发明专利基金"，更应该给予的是制度的空间、灵性的空间，接受和允许失败的宽容。

当纽约夜色降临霓虹闪烁，从帝国大厦远眺，漫无边际的灯火连接着茫茫星空，百老汇里的人们惊叹CAT剧场里月光皎洁，我们想起一位人类的恩人：托马斯·爱迪生，这位天才的一生共有两千多项发明。留声机、电灯、电力系统和有声电影，丰富和改善了人类的文明生活。这位在少年时代被老师判定为低能儿的人类伟大的恩人为人类驱走漫漫长夜带来无限光明，让我们感知更广阔的世界，让我们在黑夜里依然有勇气前行。倘若爱迪生的一生让我们多了一倍的时空，另一位美国人福特却让我们在有限的生命内缩短了时间的日程。他开启了20世纪人类生活中最伟大的变革，他让人人买得起汽车，他让汽车风尚走向平民化。美国最大的通讯社美联社在对这200年中20件大事进行的全美民意测验中，福特汽车公司名列第十，可与后来的"阿波罗"飞船登月、原子弹爆炸相媲美。当世界变得更大，有一个人却让我们变得更近，他改变了当代人的通信思维，带来人类生活方式的巨大变革。乔布斯认为创新是无限的，有限的只是想象力。乔布斯被认为是计算机业界与娱乐业界的标志性人物，苹果公司的"另类思考"拉动了创新与创造，这正是苹果公司的一切所在。苹果公司几十年的起落与兴衰正是人类在近几十年间现代文明更新的历程，世界真正变成了没有距离的"地球村"。

人类文明因创新而进步繁荣，生命因创新而能量无穷。来到美国之前，一想到美国我就血脉涌动，原因之一就是在那片土地上疯狂滋生创新，任何思维、任何想法都有如坚强的种子，会在自由的土壤里生根，发芽，生长出绮丽的花儿。

站在人类文明发展的今天，"爱迪生""苹果"这些词汇已不应该仅仅是一个名字，而更应该是一个人类共同的符号，是一个实践的过程、创造的过程。爱迪生的伟大发明从儿童时代开始的疯狂实验，庞大

2016 年谷歌办公室里的机器人

的专利研发团队，企业连锁方式的运营发明家团队，乔布斯倡导与优秀的团队工作，凝聚在各个领域里的天才大师而不仅仅是单纯的计算机工程师，当代的创新已不再是研究适合做灯丝的材料是钨丝还是铝丝。不受地心引力打破惯性思维，不受大气压强压迫，不畏惧失败，接收火星、金星、银河系之外的一切信号，联动一切人类思维中的所谓"疯子""神经病"，充分凝聚宇宙中万物的启发和能量这才是创新。

2016 年和 2017 年在美国纽约，我幸运地参加并主持了由中国教育部和科技部共同主办的"春晖杯"中国留学人员创新创业大赛（非中国境内）的相关活动；参加了中国驻美国纽约领馆的鼓励、表彰华人创新的会议和活动。美国高校组织的各项活动积极开展，推动在美中国留学人员创新，创业。中国大陆许多城市的创新创投组织来到美国举办交流活动寻求合作。在纽约的华裔无论留学生、创业者、企业家……我们共同在中美之间架起一座连接火星和地球的桥梁。

31

入乡随俗

"你一定不会忘记,我们曾在小镇相遇。如今你重回故地,小镇充满了笑语。那是情,那是缘,情缘留住永恒的记忆……"北京时间2018年5月4日青年节这一天,我在这个初夏时节的异国他乡感受到了一股蓬勃常青的力量。世界粮食奖基金会大楼的落地窗透过满满的晴朗阳光,一切仿佛被记忆抚摸过一般温柔而清晰。这一天,美国友好人士萨拉·兰蒂女士编撰的新书《"老朋友":习近平与艾奥瓦州的故事》在美国艾奥瓦州首府得梅因正式发布。出席活动的多位中美人士回忆了共同见证两国密切交往的故事。

钢琴声缓缓升起,四位美国少年满怀深情用中文歌唱着一首歌曲,金色的阳光从身后环抱着四位少年,仿佛天使降落人间。为什么美国中部的一个小镇却拥有如此浓浓的东方情缘?这里的人们又为什么如此怀念中国的老朋友?一个古老的小镇为什么如此充满能量和魅力?

我第一次见到萨拉是在美国艾奥瓦州得梅因酒店的大厅里,在不远处有一位老人,银发如雪,微微驼背,一身粉红色唐装,一双大眼睛含着这个年纪稀有的明亮,让人印象深刻。今天在世界粮食奖基金会大楼里即将举行萨拉女士的新书发布会,年逾古稀的老人半生里奔走于东西方两个国家,发展中的中国经历着巨变,老人与中国朋友的友谊却从未改变,而书中所写的老朋友正是中国当今领导人习近平总书记。

老人的新书发布会吸引了来自美国不同州县和从中国远道而来的朋友们相聚一堂，我对这本书也充满好奇。老人激动地讲述了写这本书的初衷在于，回忆从1979年到2015年间的个人生活经历，从中捕捉中国和艾奥瓦人民之间友谊的力量及产生的影响。把这些故事编辑成书，将促进美中关系的长远发展，并会给各年龄层的民间友好使者带来鼓舞。

在书中萨拉回忆，习近平首度访美是在20多年前。1983年，中国河北省与美国艾奥瓦州结为"姊妹省州"。艾奥瓦州位于美国中部，为美国的农业主产区，与河北省纬度相近。1985年春，时任河北正定县委书记的习近平率代表团访问艾奥瓦州，并到小镇马斯卡廷考察当地农业和畜牧业。习近平首次访美之行两天三夜，受到当地人热情接待。马斯卡廷的德沃切克夫妇接待了习近平。当时德沃切克家的儿子正在外读大学，习近平在他的房间睡了两晚。时任艾奥瓦州姊妹省州委员会执行主任兰迪曾参与接待习近平一行。她说，当年之所以安排习近平一行住在民众家中，正是由于这是两省州交流计划的一部分。"将他们安排在当地民众家里，能够帮助双方互相认识和了解，也更能促进对彼此不同文化的了解和认识。"兰迪说，习近平给她留下深刻印象，"我能感觉到他是一个很有能力的领导者，很清楚自己要了解什么内容，每次都很守时出现且穿戴整洁，而且总是充满了好奇心，这些都给我留下很好的印象。"兰迪还说，习近平表露出"颇有温情"的一面。"他总是面带微笑，我们拍的每一张照片都可以看到他的笑容。"兰迪表示，在她看来，"那几天，他充分体会到热情好客的艾奥瓦州人帮助他学到了想学的东西。"

2012年2月15日，正在美国访问的国家副主席习近平在艾奥瓦州亲切会见了27年前到美国专题考察学习时结识的部分老朋友并同他们亲切座谈。习近平向老朋友们致以亲切问候。他说，中国有句古话，"衣莫若新，人莫若故"。在阔别27年后能再次来到马斯卡廷市，同

作者拜访美国纽约州州政府

布兰斯塔德州长、兰迪夫妇、德沃切克夫妇等老朋友重逢，倍感亲切。"27年前在这里度过的短暂而美好的时光让我历久难忘。"习近平表示，"艾奥瓦州是我接触美国的第一站，你们是我最早结识的美国朋友。我们那次专题考察收获很大，不仅参观学习了先进的农业技术，还对美国社会有了初步了解。我的突出印象是，美国人民和中国人民一样淳朴、勤劳、热情、友好，两国人民之间共同语言很多，完全能够成为互利合作的好朋友、好伙伴。我还想指出，那次考察让我深切感受到中美两国省州地方合作和人民交往效果很好，潜力很大，尤其是在当前形势下，能对中美合作伙伴关系建设起到有力有效的促进作用。"

萨拉女士的新书发布会是一群老朋友对过去几十年的回忆，对于我而言这更是一个全新的开始。马斯卡廷的人们给我的深刻印象来自两方面：感通世界的包容性，与年龄无关的勤勉和激情。

暴风雨即将来临，油画般的美式乡村从车窗外扑面而来，车顶上落着一团团互相追赶的云……一路上Andrea一边冒着豆大的汗珠开车一边慷慨激昂地和我聊着这个小城市还有她的丈夫和孩子，公路上很少有车辆经过，我们就自由自在地放声大笑着……刚一进到马斯卡廷，Andrea就迫不及待地把车停到靠临密西西比河边上的老火车站，她激动地对我说,"Helen 快下车,快来看看,那就是密西西比河。快!我给你拍张照片"。落地马斯卡廷,我第一个邂逅的是美国的母亲河——密西西比河。

我一直觉得在美国的经历中我是一个幸运儿,第一次来到马斯卡廷,幸运地参加了艾奥瓦州举办的《"老朋友":习近平与艾奥瓦州的故事》新书分享会,之后致力于中美友谊交流的好友 Dan 还帮我实现了拜访当地小学校给孩子们讲一讲中国的心愿。

清晨,乳白色的雾气在密西西比河上缓缓升起,嫩绿色的草坪蔓延到窗前,庭院中一棵白色的小树笔挺地站立着,遥望远方……隔着窗我听到 Dan 的车子停下车轮摩擦地面的声音,我扛起双肩书包,包里塞满了之前在中国买的小礼物。在中国买这些小狗布偶的时候我不知道它们的主人会是谁,今天要带它们去镇上的小学校,真是太棒了。

从外面看我完全猜不出这个"大盒子"是所小学校,这是我第一次走进美国的小学校。一走进校门就看见天使般的孩子们,我第一次一下子见到这么多可爱的金发碧眼的小孩儿,有的孩子从我们身边走过,扬着头眨巴着蓝色的大眼睛望着我,有的边走边回头盯着我看,我忍不住和 Dan 说,"They are so, so cute!" Dan 也甜甜地笑,看得出他很喜欢小孩儿,后来我才知道 Dan 的儿子还有侄女也在我去讲课的这个班级。

我们来到了一个孩子年龄 10 岁左右的班级,大概有 30 个孩子。孩子们三三两两地围坐在绿色圆形的小桌子边,走进教室我们和老师问好后,Dan 开始向孩子们介绍我,"今天学校里来了一位中国朋友,她来到这里和我们讲一讲中国,我们欢迎她"。孩子们都特别兴奋地鼓掌,尽管在中国我也去过山区的小学校,这次却特别紧张,这是我第一次一下子见到这么多可爱的外国小孩儿,第一次用英文来给小孩子上课,第一次在异国他乡讲"Give"。我清楚地记得那天讲课时额头上一直在冒汗,我生怕小孩子听不懂我讲的英文,心里却开心极了,孩子们很小,刚一进门的时候我站着，后来我就蹲下来，这样就可以看到小孩儿的眼睛。我问孩子们，"大家有谁去过中国吗？"年轻的老师配合着我，走上讲台前把挂在墙上的世界地图摊开，让我很意外的是班上有两个小孩子曾经去过中国。我问大家知道中国是什么样子吗，我和孩子们说，在地图上中国的样子就像一只大公鸡。然后我问了孩子们几个问题，让孩子们给我介绍一下马斯卡廷，回答问题的小朋友会得到一个小礼物，就是我书包里的小狗布偶香囊，我告诉大家这些香囊应用了中国的中草药材不但香气安神而且防止蚊虫叮咬，我告诉孩子们在中国有十二生肖，它们代表时间，每一年都由一个生肖动物来代表，今年是狗年。小孩子们争抢着回答我的问题。很快小礼物就送光了，回去的路上我和 Dan 说下次我要多带一些礼物来。Dan 对我说你要经常回来给孩子们讲一讲中国就好了！

　　密西西比河安静地守护着美国中部的小城，太阳在这里停留的时间似乎特别长，晚上八点钟天空通常也是明朗，街道两边古老建筑的墙壁上有可爱的涂鸦。这个城市不大，久居在这里的人们可以记得每一条熟悉的街巷，随处会碰到老朋友。这让我想起了童年的故乡，故事也是这样，走在街上，父亲总会和经过的熟人打招呼。就是这个静寂的小城，记载了中美建交的珍贵记忆。在马斯卡廷的中美友谊屋至今仍完整保留着习近平访美时居住过的房间，屋内的陈设也从未变动。

　　探访老朋友让我感触颇深，我想象着几十年前就有中国领导人来访，对中华文化有所了解的城市里美国人民的热情，但我没有想到，在这个安静的美国中部小城里人们如此胸怀世界。

　　访谈 Mr.Maeglin 给我的印象极深，他也是我访谈对象中最年长的一位，年近八旬的老人身材笔挺，完全看不出是一位和癌症抗争了几十年的病人。在中美友谊屋里我们准备坐下来聊，我说我喜欢阳光，他便顺手一指窗子，说"那我们就坐这儿"。于是我俩就像两个顽皮的孩子，坐在窗台上聊了起来。Mr.Maeglin 的眼睛很大很亮好像会说话，他语速很慢，眼睛看着我好像在问我是不是能够完全听明白。他并没有讲太多关于过去的故事，尽管当年中国代表团一行也曾居住在他的家中。他更多的是谈到现在，谈到教育，尤其谈到他憎恶战争。我问他的梦想是什么，老人双手微微颤抖着从胸口掏出一张名片大小的白色卡片，上面是一行的英文："I will not kill in war！"他把卡片递到我手上慢慢地说，"我的梦想是Peace"。Mr.Maeglin的梦想不仅仅关于中国，也不仅仅是在美国，他的心属于世界。那天Mr.Maeglin一直在叮嘱我，"你要把我们的梦想坚持下去，因为你年轻。"Mr.Maeglin对我说，"你要保证，你会把你现在所做的事情坚持下去"。直到现在我还记得他对我说这些话时笃定的眼神。

在马斯卡廷访问的唯一一位女性是Jony，她毕业于国际贸易专业，之后致力于研究国际和平关系，她也曾学习中国历史。那天我们交谈的时间不长，因为时间安排的误差，只得匆匆一见。Jony是最早来到中国访问交流的美国学者，在习近平访问美国之前，1984年她曾到中国考察，而这次访问行程也开启了中美之间的互动交流。Jony人十分友善，招呼着我用沙拉，还有热茶，她问我多大了，告诉我她第一次去中国的时候40岁……蓝色的柔软外套，蓝色的眼睛，银色鬈发，Jony加快速度讲话，时间仓促迫使她想尽量告诉我更多。我问她的梦想是什么，她说她希望人们不要忘了这个世界上还有无家可归的人，还有没有人照顾的老人、孤儿，我们不要忘了他们。另外Jony一直和我强调，艾奥瓦州的人们有走出去的传统，Reach out！And do your best where you are.

Tony可以讲一点中文，他甚至用中文给我发微信，他在微信写道"等你回到上海请告诉我……"Tony是上一届马斯卡廷中国友好城市委员会主席，多年来Tony和中国企业已有不少贸易往来，他曾经去过中国许多城市。让我惊讶的一幕是，当我走进他办公室的时候，正对面的墙上是三幅等大的中国水墨字画，中间一幅墨字"仁者爱人，善行天下"，左边是一幅烟雨江南水彩画，右边是一幅赵云骑马图，均出自中国河北省正定县艺术家之手，是中国朋友送给 Tony 的礼物。在 Tony 公司里随处可见中国文化的点滴痕迹，Tony 曾经多次组织中美企业交流活动，为中美企业的商务合作、文化交流做了不少有意义的事儿。Tony 和我说，希望有越来越多像他，像 Dan、Glad 这样的美国人和中国人，两国之间的理解和合作会更多！

Hopkins 给我的印象非常深，他是马斯卡廷的老市长，2012 年热情接待习近平副主席一行并向习近平赠送美国城市金钥匙。退休之后的他在为马斯卡廷的孩子们开校车，每天接送学生上学放学。谈到中国代表团 1985 年访问马斯卡廷，Hopkins 和我说对他而言对待每一位到访者都是一样的友善。他打了个比方说，来到这里的人就像是他的邻居一样啊。Hopkins 谈得非常全面，我可以感受到作为老市长，他对马斯卡廷各个领域的关心。谈到未来他更关注教育关心孩子，每天清晨和傍晚都可以看到老市长驾驶着大黄车驶过，那一份对马斯卡廷的爱，默默地环绕着这个小城，从未改变。

Dan 的家里到处都感受到亚洲风情，榻榻米、中国工夫茶、乒乓球室……晚饭之后，我们俩来了一场乒乓球友谊赛，两个人配合十分默契。临行前我们到 Dan 的办公室打印了我的书稿，委托他带给几位接受我访问的老朋友，我对 Dan 说这是第一次看到我的书稿从打印机里面出来，我们两个碰拳头纪念。Dan 的父亲也是 Dan 的工作伙伴，办公室就在里间，那天老人穿着鲜亮橘色的 T 恤衫，墙上的油画里有一群奶牛和绿色的牧场，他不停地对我说，"这真是太棒了！祝贺你完成的一切！"我和他说："我超级喜欢你的橘色，您看上去如此年轻有活力。"直到我们转身离开，楼道里仍然传来 Dan 父亲的笑声，那是一个有活力的早晨。

回到纽约，我时常想起马斯卡廷的孩子，一双双童真清澈的眼睛……我想我一定会回来，去看那些小孩儿。我也经常想起 Mr.Maeglin

的嘱托，他的眼睛好像一直在看着我，要我坚持下去！Tony、Dan 最近会再来中国，世界仿佛就像老市长 Hopkins 讲的"我们就像邻居一样"。马斯卡廷在过去三十年间变化不大，静寂而安详，它和密西西比河就像相约一生的爱人，默默地守护着对方。我很难表达，在这些安静之中所得到的感动和能量，那些回忆并不激烈却温暖而恒久。

回国以后，我常常会想念在艾奥瓦州马斯卡廷度过的日子，虽然时间只有短短几日，每次想起那里的人们，心里都倍感亲切。就像习主席说的，在那里人们淳朴和善良。这里虽是异国他乡但从这里的朋友们身上我获得了无穷的力量。在这个万里之外的异乡传承着中美友好的风俗。

明尼苏达州北部地区的艾塔斯卡湖附近风景优美，古老坚硬的岩面上是密西西比河的发源之地……而艾奥瓦州马斯卡廷是中美人民友谊长河的一处源头，滴水之恩让人永世难忘。

32

列侬

如果让你想象，美国男女的情爱生活会是个啥样？你会不会认为他们是十分奔放的？我觉得其实是也不是。在美国的影视剧里不会刻意剪掉男女之间的亲密镜头，这可能让我们误解在美国的日常生活中也到处是这样的激情举止。在美国人们较早地接受了关于性的教育，因此人们并不觉得禁忌羞涩，也正是因为如此，男女平等的关系得到了更好的维护和体现。

在美国我特意留心观察了周围的人，公众场合的人们、路人，却并不多见搂搂抱抱卿卿我我的亲昵举止，情侣大多是自然而然地并肩走在一起。而另一方面，在小范围的活动聚会中，夫妻、情侣则表现得比较亲密，不会因为家人朋友在边上就顾忌或者羞涩，伴侣会互相拥抱和亲吻对方，这些举动也让周围的人们觉得活动非常尽兴非常温馨。这一点我们刚好相反，我们因为传统观念的羞涩，在熟人在家人面前很不好意思和自己的爱人、伴侣亲热，甚至觉得这样会影响自己在大庭广众下的形象和人际关系。然而另一方面很多年轻人在公共场合却毫不顾忌，各种行为完全没有公共场合应有的教养和文明举止。在对待性的态度，对待情侣爱人之间的亲密关系的问题上，东西方有着显著的不同。尽管我们的思想观念还受传统思想的影响貌似羞涩，但现实生活中离婚率逐年攀升，婚外情现象普遍。在美国年轻人与异性交往非常受鼓励，青少年有自己的派对活动，人们在婚前会尝试约会不同的伴侣，但在确定约会对象以后往往比较忠诚，尤其在婚姻当中，婚外情通常是影响一个人社会形象和诚信度的丑闻。

一度热播的《欲望都市》中有这样一个细节，主人公性爱专栏女作家凯瑞在和约会对象 Mr. Big 的第一次约会后发生了亲密行为，事后女主人公十分紧张不安，责怪自己第一次约会就和约会对象如此亲密太不矜持。从这个故事可以推测在美国人的情感规范里是有着一个循序渐进的交往过程的，第一次约会喝咖啡、用餐，下一次约会看剧看电影，再之后可能共同参加派对活动，在这个定式上看美国人挺靠谱儿，并不是没有原则底线的胡乱开放。

然而美国人的情感表达是出了名儿的大胆和直接，这一点我在美国生活也深有体会。在路上的行人，在餐厅里的陌生人，在一个活动中的伙伴儿，或者生活中的任何一个机缘，人们从来不放过自己的心动和眼缘，很会撩人。大方赞美对方，表达喜欢已经成为一种礼节，赞美是友谊、爱情……是一切的开始。

有些人看到一些过格的或者略有个性的现象，会评头论足，正所谓少见多怪。在两性的关系和交往中，不是简单的开放或者保守可以准确来定义的。对性、对情感、对生活，还有对信仰的了解，只有了解得越多，才不会有神秘兮兮的错觉，才会有健康的心态和适当的交往模式产生。我想在美国人们之所以可以打扮得前卫或者性感，大家又不会少见多怪，一半原因是所有的人都可以这么穿，无论怎么打扮一点都不稀罕，每个人都可以特立独行；还有一个原因就是基于从小时候开始接受的性教育以及人格教育，大家对性并没有陌生和神秘感，因此没有多么特别的夸张反应，反而会从审美的角度来看。这也让我联想到前段时间发生在某幼儿园的丑闻事件。除了学校的职业道德的缺失之外，我们对儿童、少年性教育的缺失让孩子失去了正常面对伤害的自我保护能力。对性的认识的缺失是一个人人生中的巨大失败。在这一点上我一直认为性教育带给了西方社会福音。

在美国的社会环境里,我发现了一个双重的观念,一方面,大家从不八卦,不会特别关注和谈论你的婚姻状态,给予每个人充分的自由和空间,尊重他人的隐私;另一方面,人们对夫妻关系,对每个人的配偶有着充分的尊重。在社会活动和日常交往中,配偶的地位是非常被重视的,一个人的家庭关系也对这个人的人格、信誉等很多方面有强大的背书功能。在2016年的美国总统大选中,两位竞选者的家庭生活被白热化地公开在世人面前,性别倾向、婚姻家庭中的矛盾、婚史、子女教育等诸多家庭问题都受到美国乃至世界的关注。不得不说,在美国真实地诠释婚姻、家庭的成功是一个人成功的重要组成部分。

有一位朋友这几天和朋友们诉苦说女朋友意外怀孕了只得被动结婚,但两人存在很大的问题本没有结婚的打算。美国每年的新生儿当中有三分之一是非婚生子,在我看来主要有两个原因:第一由于宗教信仰,人们对生命的热爱和尊重不去堕胎;另一个主要原因是社会对人们情感方式、生活方式的巨大包容和谅解。《欲望都市》中的女主角发现怀了前任男友的孩子,女主角很坚决地选择把孩子生下来,尽管两人当时已经处于分手状态,然而在孩子的父亲和母亲

纽约地铁里的犹太年轻人 (2017年摄于纽约)

的角色上两个人都没有缺席,甚至孩子父亲的新女友,孩子母亲的新男友,孩子的祖母,每一个人都成了抚养和关爱孩子的一员。给予孩子家庭的关爱,到底要不要勉强于一个家庭的形成?给予彼此关爱是不是更应该尊重对方并给予对方自由?最后男女主人公再次走到一起,组建家庭,幸福一直与形式没有必要的联系。如果想要拥有幸福的家庭,前提就是尽管没有婚姻的形式,依然有尊重有爱。

在美国也会遇到异地恋,甚至是异国恋。曾听说过很多关于爱的传说,也在各种电视剧和电影情节中看到过爱得死去活来的女主角或者男主角一出国,故事就悲伤地结束了。但是在纽约我遇到的一位帅哥的经历恰恰相反。在中国该男子和女友青梅竹马,但男生的家境比女友家里差一些,女友在高考后被家人送到美国读书,男主角为了爱情毅然放弃了国内的大学,刻苦学习语言最后终于也来到美国开始了半工半读的学习生活。朋友和我说,在和女友异国恋的时间里以及在美国异地恋的时间里,两个人的爱情好像是一场马拉松比赛,同时彼此也是相互的支撑,大家都在努力不肯落后于对方的优秀。这样的爱情我欣赏,爱对方成为彼此的勇气,距离、差距一切不利因素都转化为大家前进的动力,美国不但没有把他们分开反而成就了他们的人生和爱情。

在美国,跨国婚姻是非常普遍的,一个小孩拥有几个国家的血统非常正常,这些在美国坠入爱河的朋友随心所欲但也顺其自然。爱情是真正的志同道合,是相互欣赏和支持,是精神和肉体的神仙眷侣。

我愿意是急流

◎裴多菲

我愿意是急流，
山里的小河，
在崎岖的路上，
岩石上经过……
只要我的爱人
是一条小鱼，
在我的浪花中
快乐地游来游去。

我愿意是荒林，
在河流的两岸，
对一阵阵的狂风，
勇敢地作战……
只要我的爱人
是一只小鸟，
在我的稠密的
树枝间做巢，鸣叫。

我愿意是废墟，
在峻峭的山岩上，
这静默的毁灭
并不使我懊丧……
只要我的爱人

是青青的常春藤,
沿着我荒凉的额,
亲密地攀缘上升。

我愿意是草屋,
在深深的山谷底,
草屋的顶上
饱受风雨的打击……
只要我的爱人
是可爱的火焰,
在我的炉子里,
愉快地缓缓闪现。

我愿意是云朵,
是灰色的破旗,
在广袤的空中,
懒懒地飘来荡去,
只要我的爱人
是珊瑚似的夕阳,
傍着我苍白的脸,
显出鲜艳的辉煌。

墙上的男人 （2018年摄于纽约）

33

林语堂翻译 humour 一词的时候穿鞋了吗

2016 年从 Trump World Building 俯瞰曼哈顿

有一次看到一个外国小朋友和中国小朋友在一起玩耍的网络视频,视频中外国小朋友比较活泼好动,中国小朋友比较安静。我们平时经常夸赞小孩子也会说"这个宝宝好乖哦"。我们在很多时候认为小孩子动作少不顽皮就是很乖是好事情。老外的表情比较夸张,动作也会比较夸张,而我们相对会比较矜持,不会有那么丰富的肢体语言和表情。我们自己也经常说老外比较幽默,为什么我们自己的身体里就缺乏了这样的幽默细胞呢?

一天我在浦东图书馆写书稿,休息时段下楼去买咖啡,吝啬时间的我想着喝咖啡的时间也别浪费了,可以在图书馆大厅的咖啡吧继续看会儿,于是带着一本书下楼去买咖啡,没承想刚走出三楼大厅准备坐电梯下楼的时候门禁警报叫了起来。我这才意识到阅览室的书不能就这样随便带出阅览室,当时门禁边上坐着一位看守的老师傅,我发现一双眼睛在厚厚的眼镜片儿后面正在盯着我,我走过去,把书放在台案上,对老师傅说:"师傅您好,我把书先放在这好吗,我下楼去买杯咖啡……"从他的眼神里我读到了默许,但脸上并没有一丝表情,更没有讲话甚至没有发出任何声音。这样的现象在生活里并不奇怪,我们早已习惯了这样默默的淡淡的方式。但我完全可以想象如果是在纽约,对方也许是一个非洲裔大叔,他可能开玩笑说:"甜心,我很乐意帮忙。"或者是一位白人很绅士地说:"当然可以。"然后我也微笑说谢谢,这会是多么愉快的一次对话。我甚至可以想象得到非洲裔大叔闪着明亮的眸子,露出一排大白牙看着我咧开嘴微笑,或者白人老大爷一边微笑一边耸一下厚实的肩膀,表示他很乐意。有时候在国外尽管我们的英文不是很好但是对方可以听得懂大概意思,因为我们会配合用自己的肢体语言去表达,但是为什么在现实生活中我们的语言却如此苍白简陋呢?为什么我们的身体和语言丧失了那么多的灵感和活力呢?

记得初到美国每次购物的时候,我发现一个现象就是在很热闹的购物中心的柜台前,通常都排着长长的队伍,但是每个人之间间隔的距离却足可以站下两个人,尤其是当前面一个人在付款的时候,身后这个人更要保持一定的距离,否则前面的人可以张口大声呵斥"Get out",意思是"滚出我的地盘"。在这里我们却不太有这个意识,在很多细节上人们还没有任何的个人隐私空间的概念,人贴人的现象早已经司空见惯习以为常了甚至在洗手间等隐私的地方,也经常有人不敲门或者在洗手间里大声讲话嘻嘻闹闹,细节的粗陋让人忍俊不禁。

第一次见到美国华人医生协会会长王医生小女儿的时候,小姑娘只有四五岁,特别喜欢玩Ipad。王医生还给我看过小姑娘自己制作的视频，小姑娘先自己拍视频，每一个家人和小伙伴都是她的模特，然后再用Ipad软件自己配上音乐最后剪辑视频，这让我觉得很有意思也很惊讶！这么个丁点儿大的小人儿就把一个电子产品玩得游刃有余甚至比我们还棒，美国的小孩子从小就很能折腾。我发现在美国认识的朋友中大家出国或者旅行的经历都非常普遍，美国人的口头禅"Have a nice day""Enjoy""Funny"，让每一天过得有意义，这是美国人的生命里最在乎的事情。旅行是每一个人都喜欢的，我们常说的一场说走就走的旅行于美国人容易实现。周末和家人孩子的休闲度假，假期和家人朋友的外出旅行，或者给自己放个假出国旅行，不同的年龄阶段都会有不同的招数折腾。在纽约生活的人往往都有自己的阅历和故事，也正是这样的人生观让这些爱折腾的人们怀揣热情来到这片土地。

  在美国咖啡没有刻意地被强调，更多的时候"咖啡文化"更像是融入了人们生活或者根植于体内的一部分了。清早一杯咖啡，配煎鸡蛋的三明治，午休时间办公室休息区手拿一杯现磨咖啡享受片刻放松，下午茶时间来一杯黑咖啡或者一壶茶，前台的非洲裔美女刚刚烤好的曲奇果仁饼干，同事们聊聊今天的天气、大伙儿当天的服饰，在美国"咖啡文化"给我的感觉是更加的简单而随意。既没有意大利浓缩咖啡的少而劲爆，也没有欧式咖啡的慵懒和咖啡秀，咖啡就像我们每天都要喝的另外一种"Water"。

  在美国的生活之所以让人感觉充满活力，是因为在这个环境中所有的东西具有新鲜感，而新的东西有两种：一种是创新，原来没有的造出来，从无到有；一种是原来就有的东西，哪怕是旧的存在，只是因为我们从前没有见到过没有体验过，带给我们的感受却是新的。如果说美国的旅居经历让我感受到了生命的活力，那么最重要的原因是差异带来的新鲜刺激。

  尽管纽约并非一个历史悠久的城市，但纽约在城市建设中却十分重视对古迹的保留，百年历史拥有自己独有的沧桑。来自五湖四海的世界

33　林语堂翻译 humour 一词的时候穿鞋了吗

公民，让这里日新月异，然而任何一个团体、任何一个地域的核心创新动力都是人。虽然中国有更绵长美丽的历史，祖国的人文情怀也很值得探究，但因为身在庐山很多时候我们反而没有珍惜，没有让自己彻底地全情投入。在美国时的我身体里的探索精神被挖掘了出来，回到中国我会改变以往的一些生活态度和方式。

远行更让我们靠近自己的心灵，距离也让我们更加清晰看到身边的美好，曾经在远行前的恐惧，在获得了创新的喜悦之后逐渐地转化为勇气和动力。这让我想到了一个问题，为什么小孩子容易快乐呢？因为孩童还没有太多地认知这个世界，一切都是崭新的，而这个认知过程便是快乐的。在我们的成长经历中，逐渐适应和了解身边的事物后渐渐失去了孩童般的渴望和满足，我们开始变得对新鲜的生命毫无察觉，对自己的拥有也视而不见，我们变得不快乐。

我们如何才能保有永远求变求新的初心？在这个过程里越战越勇而没有畏惧？其实这是一个良性循环，因为探知而获得满足和新生力量，然后更加渴望新知而不断探索；反之便是一个恶性循环，固守，温水煮青蛙，失去生命根基所需的养分。

2017年夏天在东北三省、四川的小学校里，我在黑板上给孩子们写下了"给""世界""勇气"几个字。我们用毕生的经历也无法描述这个世界到底是什么样子，因为世界万物的无限博大，探索未知便是生命的意义，我和孩子们讲，任何别人赋予的所谓背景、条件都不是最重要的，自己内心坚定的勇气才是面对人生，面对一切未知的决定性要素。只要你具备勇气，你就能走在探索生命的征程里，去感知、去实践、去给予！

在纽约另一个强烈的感受是，人们求新意识强烈，比如朋友见面的时候，大家常常问，你最近好吗？有哪些有趣事情吗？今天你有什么有意义的事情发生吗？人们总会在日子里去寻找、去发现和分享新的事物。在美国每一年都有来自世界各地的游客。在海关入关的时候，对方问了我很多问题,我记得那个海关的工作人员对我说,"你知道的,每一年都有太多的人来到美国"。针对这样的特殊性,美国对外来人员也有自己特有的规范体系,一个代表现象就是五花八门的各种各样的签证:学生签证、旅游签证、工作签证、企业管理者的高级管理签证……以及申请绿卡的各种途径。在美国,有关个人身份的问题是一门大学问,是每一个初到美国的人都应该思考和研究的课题。

创新除了能力还需要勇气,我们在教育领域里一直说国外孩子的动手能力比较强,其实真实的意思就是在面对创新的时候,别人比我们更愿意马上动手去试试,更有勇气去面对失败。

经济飞速发展的今天,新技术新项目不胜枚举。中国高铁就是一个伟大的创举,给中国带来一个新的经济发展模式——"高铁经济"。高铁为中国经济腾飞插上了天使的翅膀。在美国从纽约到华盛顿的火车上,从 Penn station 出发,夜里两点半的火车,早上七点半到达华盛顿 DC 火车站,古老而温暖的火车站,百年的银色铁皮火车车厢……我发现了两个细节,一个细节是车厢里的座位是既有一个方向的座位,也有面对面两个方向的座位。面对面两个方向的座位中间配有可以折叠和展开来使用的简易书桌,可以放置电脑或者书籍;另一个细节是在每一节车厢的两端都有一个十分宽敞的座位,座位前面会空出很大的空间,而这个位子是专门给残障人士的座位,空置的区域用来放置轮椅。此类细节在美国十分普遍,让人感动和尊敬。银行 ATM 自动提款机、地铁站里锈迹斑斑的售票机键盘旁边都会有一片凹凸不平的金属圆点,这些是盲文;在纽约街道的两旁,办公楼和很多公共区域空间都会有方便残障人士出行的专用通道和工具。创新未必是要惊天动地,生活中的每一个细节正表达着创新的真意,那便是人性。

后 记

　　有人把写一本书比作生了个孩子，我还没有做母亲。在完成这本书之后，我发现自己的确多了很多从前没有的忍耐和包容。读到这里的朋友们，悦宁非常感恩您，感恩您的阅读让我的文字有了灵魂，让我的分享变得有意义。这本书一定不完美，书中表达的是我个人的感受，感恩您的分享和包容。也希望得到您的宝贵建议和反馈，希望我们可以共同成长，共同传递给我们身边的朋友们，传递给这个世界一点点力所能及的能量。

　　回想起来，在纽约的日子每一天匆匆闪过，晚上回家的路上我常常望着车窗发呆，回想和思考一天里发生的事情，回想自己一天里的见闻和感受，我希望可以把这些记忆整理成文字，带给更多的人。然而我心里知道，其实我的文字对于生命的表现，对于生活的热爱，以及我所经历的那些感动，实在太有限，真实的人生远比我们的任何艺术作品都更加深刻也更加精彩。

　　虽然这本书记录的是我在纽约的一段生活，浅谈了美国与中国的一点文化差异，但事实上对我自己而言，这本书的写作过程是对我自己从前过往人生的一次梳理。从出生到童年，从学生时代到大学毕业来到上海，从上海的打拼再到纽约的漂泊，一幕幕都浮过眼前。在我写这些文字的时候，我曾经有过想要将心托出来的感觉，想要将心中的血液喷薄而出的感觉，我太想对人生中遇到的每一位朋友说一声"感谢"。

　　在纽约的生活非常忙碌，为了能够使这本书成形，我经常在遇到一些感动自己,印象深刻的事情的时候,自己就再多看上几眼,再多发一会儿呆,晚上会拿出来白天拍的照片,把当天发生的事儿先做一个简要的记录。回到上海,我拿出手机回看那些满含温度的照片,凌乱的文字记录,我开始动笔写这本书。在我最初讲到我要写一本书分享在美国生活的经历时,曾经有人劝我,算了吧,过不了几天你就把今天说要写书这事儿给忘啦。就在那天晚上我开始动笔写这本书了,在上海滨江大道的咖啡馆里,从清晨到日落外滩好像一个温暖的情人陪伴着我;在南京路上的小店里,熙来攘往的人们在街角流过好像无声胶片;再到后来搬到浦东图书馆里固定坐标固定位子;半年里,我停掉了一切工作和活动,一心一意写这些字,在这段时间里,我也曾经泄气过、焦虑过。我记得有一天当我从图书馆的窗子向外望的时候,我惊喜地发现,天啊!窗外树上嫩嫩的叶子绿了,红色的花儿开了……一眨眼我已经在这个位子上坐了半年,在那些日子里我的坚持离不开很多朋友的关心和鼓励,大家让我一直走到现在,在此由衷感谢鼓励我萌生写作的念头,一直积极地鼓励我去坚持的朋友们。

  要感恩的人实在太多!我出生在中国东北的冰雪山城,小时候由于父母工作忙经常出差,很多乡亲邻居都曾照顾养育过我,希望乡亲们能看到我写的文字,我给家乡的爷爷奶奶、叔叔阿姨们鞠躬,向你们道一声"感谢"。我也非常感恩上海这座城市,它给很多像我一样外来的新上海人提供了开放而包容的学习和竞争的机遇和环境,感谢在上海的日子里认识的每一位朋友,谢谢你们伴随我一路成长。感谢美国的朋友们,在这几年的时光里让我收获了深厚的友谊,你们让我看到了一个不一样的世界,在你们身上我看到太多励志的故事,在你们身上有很多值得我学习的东西,让我想要成为更加美好的自己。感谢曾经客居的陌生国度,不一样的地域和人们让我每一次都有新的启发,每一次都在人生的记忆里收藏了新的珍宝。如果没有这些经历,我不会懂得生命的渺小和宝贵,不会知道世界的博大和美妙!

这本书完成之际，要感谢我的好朋友晨光老师，感谢我的老师姜新国，感谢为这本书付出辛勤汗水的卞博士，感谢海天出版社，感谢善良热心的封毅老师，感谢亲爱的查理学长，感谢 Dan，感谢 Glad。感谢所有鼓励、支持、帮助我的朋友们，感谢我的父亲母亲。

一天，在纽约回家的地铁上，我忽然听到身后传来一声婴儿的啼哭，从声音里竟然完全听不出这是个美国的孩子还是中国的孩子。那一刻我的心像是被狠狠地揪了一下，那一刻的感动这一生怎么也不会忘记，一声啼哭让我明白生命的本身并不存在国度的差异，也并没有本质的不同。

本书出版的初衷是希望美国和世界各地的朋友对中国有更多的了解，希望中国人民和美国人民之间，和世界人民之间的友谊在未来的日子里更深一些。也欢迎世界各地的朋友们来到中国旅行和生活。